[新概念阅读书坊]

让男孩一生成功的 睿智 故事
RANG NANHAI YISHENG
CHENGGONG DE RUIZHI GUSHI

主编◎崔钟雷

吉林美术出版社

图书在版编目（CIP）数据

让男孩一生成功的睿智故事 / 崔钟雷主编 . —长春：吉林美术出版社，2011.1（2023.6重印）
（新概念阅读书坊）
ISBN 978-7-5386-5037-2

Ⅰ．①让… Ⅱ．①崔… Ⅲ．①故事 – 作品集 – 世界 Ⅳ．①I14

中国版本图书馆 CIP 数据核字（2010）第 255515 号

让男孩一生成功的睿智故事
RANG NANHAI YISHENG CHENGGONG DE RUIZHI GUSHI

出 版 人	华　鹏
策　划	钟　雷
主　编	崔钟雷
副 主 编	刘　超　那兰兰
责任编辑	栾　云
开　本	700mm×1000mm　1/16
印　张	10
字　数	120 千字
版　次	2011 年 1 月第 1 版
印　次	2023 年 6 月第 4 次印刷
出版发行	吉林美术出版社
地　址	长春市净月开发区福祉大路 5788 号
	邮编：130118
网　址	www.jlmspress.com
印　刷	北京一鑫印务有限责任公司
书　号	ISBN 978-7-5386-5037-2
定　价	39.80 元

版权所有　侵权必究

前言 Foreword

阅读是一段开启心智的历程,阅读是一种与书籍对话的方式,阅读是一盏点亮灵魂的明灯!人们常说"开卷有益",只要认真去阅读,用心去体会,就会从书籍中获取丰富的知识,获得源源不绝的力量!

为了开阔您的阅读视野,我们精心编纂了本套"新概念阅读书坊"系列丛书。阅读是一种自我充实的过程,读什么和怎样读都显得颇为重要,而我们的意旨在于为您提供一种全新阅读方式的可能!

本套丛书内容涵盖面广,设计新颖独到,优美的文章,精致的图片以及全新的阅读理念,必将呈现给您一场独特的阅读盛宴,愿您在享受这段新奇的阅读历程时,也会将之视为开启您阅读之门的钥匙,走进阅读的美好世界……

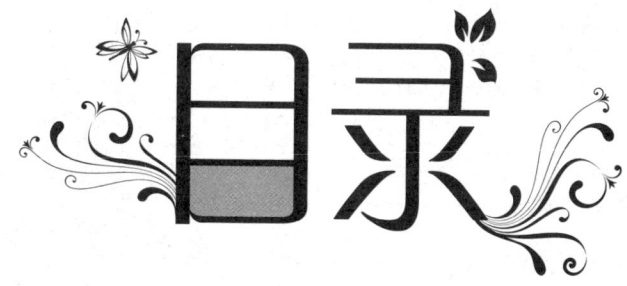

目录

第一章　幸福已经满满的

人散曲未终 …………………………… 2

永远不说你是做不到的 ………………… 4

出卖纯净 ……………………………… 7

秘密花园 ……………………………… 9

骗局 …………………………………… 12

幸福在每一秒的呼吸里 ………… 15

标准答案 ………………………… 17

其实很简单 ……………………… 19

监狱可能还不够用 ……………… 21

美丽的谎言 ……………………… 23

最好的投资 ……………………… 25

深深一躬 ………………………… 28

比征服者更有力 ………………… 30

幸福已经满满的 ………………… 32

一分钟改变人生 ………………… 35

通往天堂的路 …………………… 37

这也会过去 …………………… 40

慷慨之道 …………………… 43

改变命运的那一会儿 …………… 46

在绝处寻找生机 ………………… 48

没有 A，也没有 B 和 C ………… 50

文凭只看三个月 ………………… 53

哈利的文字生涯 ………………… 55

第二章　人类需要梦想者

图德拉迂回经营 ………………………………………… 58

总有办法参会 …………………………………………… 60

亡羊补牢 …………………… 62

卡瑞尔的万灵公式 …………… 64

神圣之美 …………………… 66

生命中的种种误解 …………… 68

电话里的单口相声 …………… 73

缓杖的秘密 ………………… 75

内心的平安才是永远 ………… 78

成功之箭 …………………… 80

人类需要梦想者 ……………… 82

偶像的话 …………………… 85

一个帽店的招牌 ……………… 87

不怕笑话的打工仔 …………… 89
推销员的态度必须积极 …… 91
桶的大小是由你定的 ………… 93
供年轻人使用的短语与哲理 …… 95
人缘 ……………………………… 98
洛克菲勒的敬业精神 ………… 100
平生第一次感到快乐 ………… 102
放弃的快乐 …………………… 105
一个走运的人 ………………… 108

第三章　对一朵花微笑

插花的艺术 ……………………………………… 112
每种改变都要付出代价 ………………………… 114
自己救自己 ……………………………………… 117
什么比诺贝尔奖更重要 ………………………… 118

妙用失误 …………………… 120

篱笆边的桃树 ………………… 122

只需变换一下位置 …………… 124

名声是一件太重的行李 ……… 126

倒贴"福"字和投自家篮…… 129

利润 …………………………… 131

对一朵花微笑 ………………… 132

幸福是什么 …………………… 134

上帝给谁的都不会太多 ……… 137

芬芳的 100 美元 ……………… 139

人生的温度 …………………………… 141

圣人与魔鬼 …………………………… 144

不要等到比原来还少 ………………… 146

败给自己 …………………… 147

追求者的副产品 …………… 148

登山者的发现 ……………… 150

Chapter 1 第一章

幸福已经满满的

珍惜你所拥有的每一样东西,你会发现,幸福简单得让人无法置信。

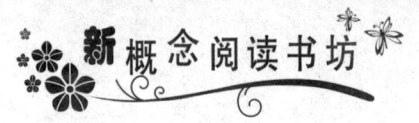

人散曲未终

[美] 金姆·乍佐尔　彭嵩　编译

我每天早上都会认真地读报纸上的讣告。早上,我的日程安排是这样的:先把今天的报纸在饭桌上打开铺好,喝上一小口咖啡,咬一口烤面包片,读一则讣告。把几个薄煎饼放到炉子上给 5 岁大的孩子热了吃,再读一则讣告。给 3 个孩子倒好果汁,喊着:"赶紧装好书包!"再读几则,思考一下人生。把金枪鱼肉放在我的全麦面包上,凝视着照片上那些刚刚去世的人的笑脸。把 9 岁的女儿脸上的花生酱擦干净,吻别所有的孩子,坐下来再仔细读几则。

这听起来很古怪,我也知道这一点。我在一年之前从没注意过报纸上的讣告。我年纪不大,又是刚刚来到这座城市,根本不可能认识那些故去者。

一年前我的父亲去世了。他是一位了不起的父亲,优秀的医生,我们大家的导师和朋友,可是他忽然就离我们而去了。需要写一则讣告刊登在报纸的讣告栏里,因为不知道该怎么写,我就找来报纸,翻到那一版,读了起来。结果我意外地发现了一个全新的世界。从那以后,我就越来越关注这些小小的讣告了。

你也许认为,读讣告会让人非常悲伤,实际上,读读讣告可以让人学到很多东西。比如说,因为你不可能把一个

人一生经历的事情都挤进一两段文字里,所以你必须要有所取舍。我注意到,没有一则讣告会提到那些鸡毛蒜皮的小事:诸如什么他心爱的人总是让他的妹妹烦心啦,他总是忘记做家庭作业啦,一天到晚看电视啦,乱糟糟的屋子啦,牙膏沫子弄得一水池都是啦,地板上堆的脏衣服啦。那些我们平常总是在意的事情都被过滤掉了,那些都不相干。

我们不再纠缠于那些可有可无的生活琐事,我们所能想到的,只有那些心爱的人在生活中最喜欢的事情。我们在心里给他们在天上的生活描绘出一幅幅让人悲喜交加的画面:他们跳着舞,和天使一起唱着歌,种着漂亮的西红柿。我们只能怀念那些让我们心中充满温情的东西:微笑、笑声、爱。我们在讣告里赞美那些热爱生活、而且生活得很充实的人。

有一天,我读到一个儿子的温柔的话语:"再见了,爸爸,愿您随上帝而去。"我的眼中不知怎么,落下一滴泪来。另一天,我读到一句很简单的结束语:"然后,她飞走了。"顿时,我的心似乎被猛地撞了一下。我们写下那些讣告的时候,心里面装的都是温情。我们很庄重地写下亲人的人生。

我们终于说出了那些早就想说的话,让读讣告的人也决心早点跟亲人说出那些话来。不要等到一切都太晚了,毕竟,生命就像那些讣告一样,实在是太短了。

泰戈尔曾经说过:"不要为错过太阳而哭泣,不然你也会错过群星。"生命中总有太多太多的美好等着我们去发现和享受,不要为生活琐事而烦恼,尽情享受生命的阳光,让心情在七彩的阳光下轻舞飞扬。

永远不说你是做不到的

王欣 编译

我的儿子乔伊出生的时候,他的脚是向上扭曲的,看起来就是脚掌在上的样子。医生向我们保证说,只要经过合适的治疗,他肯定能正常地走路,但很可能永远跑不快。

在生命的最初三年,他一直是在手术、各种金属模型和绷带中度过的。他的双腿经历着按摩、运动、练习等一系列过程。

他七八岁的时候,如果你看见他走路的话,你甚至不知道他是有残疾的。但如果他走了很长的路,比如说在娱乐公园里玩或者从家走到动物园那么远,他就会抱怨说他的腿很累很累,像受伤了一样。我们往往会停下来,买一点儿苏打水或一个甜筒冰激凌,谈谈我们刚刚看见了什么以及我们将要看到些什么。我们没有告诉他为什么他的腿感到劳累,为什么它们那么虚弱。我们没有告诉他这本来是他天生就有的缺陷,所以他不知道。

孩子们一起玩耍的时候,邻居家的孩子总是四处奔跑,就像大多数孩子

那样他也会跟着他们跳、奔跑和玩耍。我们从来没告诉他,他可能永远不能像别的孩子那样跑得快。我们没有告诉他"你是不一样的",所以他不知道。

七年级那年,他决定参加环城赛跑小组。每天他都跟小组一起训练,他看起来比队里的其他成员练习得更努力。他也已经感觉到,有些看起来很自然地被其他人拥有的能力,并没有被他所拥有。但我们没有告诉他,尽管他能够跑步,也只能永远都跑在队伍的最后。我们没有告诉他,他本来就不应该去参加这样一个队伍。这个队伍的成员都是学校各年级跑入前7名的选手。我们没有告诉他,他可能永远不能正式加入那支队伍,所以他不知道。

他继续一天跑6至8公里,每天都是。我永远不会忘记他发高烧的那天,他不愿留在家里休息,坚持去参加环城赛跑的训练。我整天都在为他担心,我在等着学校里打来电话,让我去接他回家。但一直没有人打过来。

放学后,我去了环城赛跑的练习场,因为我想如果我在那里,他或许就会考虑逃过那天晚上的练习。

当我到达学校的时候,他正在沿着一条长长的林荫道跑步,一个人。我把车开到他的跟前,车速很慢,好和他奔跑的步伐保持一致。我问他感觉如何。很好,他说。他只剩下3.2公里了。当汗水从他脸上淌下来的时候,他的眼睛因为发高烧,看起来就像玻璃一样,但他仍坚持继续奔跑。我们从来没告诉过他,他不能在高烧的情况下连续奔跑6.4

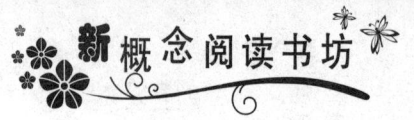

公里。我们从来没告诉他,所以他不知道。

　　两个星期以后,这个赛季倒数第三场比赛的前一天,宣布了参加正式比赛的成员名单,乔伊列在了名单的第六位,成功地加入了这支队伍。他那时上七年级,队伍里其他六个成员全部都上八年级。我们从来没告诉他,他本来不应该指望加入这样一支队伍。我们从来没告诉他,他做不到这一点。我们从来没告诉他,他不可能……所以他不知道。于是他去做了。

我要对你说

　　有的时候,失败并不是因为你不够优秀,只是因为你缺乏信心。永远不说自己是做不到的,因为这世界的种种"不可能"都源自我们的不自信。有了信心,成功将不再遥远。

出卖纯净

莫小米

有个人很想致富,见人家卖矿泉水卖得好,就出发到处去找水。乘火车乘到铁路尽头,换乘汽车乘到公路尽头,再沿小路走了七八公里,终于被他找到了好水。取样化验,不仅富含几十种有益人体健康的微量元素,更可贵的是,那水没受过任何污染,纯净极了。专家说:用它做成的矿泉水,品质绝对一流。

他欣喜若狂,立即贷款、修路、投资办厂。第一批产品出来了,信心十足地投放市场,一检查,却道细菌超标。检查了全部生产环节找不出原因,再回头化验生产所用的好水,毛病正出于此,水已被严重污染,急问可有办法对付,专家说:办法只有一个,从现在起完全停用,细加保养,5年后可望重新起用,投入生产,但想要它回复到从前的纯净，怕是不可能了。

　　不幸的他顿觉五雷轰顶，他知道祸首正是自己，是自己派去修路盖房的人污染了它。他终于明白，纯净可以被赞美、被欣赏，甚至可以被享用，但纯净是无法出卖的，一旦出卖，纯净就再也不纯净了。

我要对你说

　　当贪婪的双手伸向了圣洁的土地，当欲望的眼睛污染了纯净的湖水，那么圣洁与纯净不再是原来的颜色。大自然赋予我们美丽的纯净，不应该被贴上价格的标签，因为出卖了纯净，就等于出卖了自己。

秘密花园

李 耕

一个星期前,女儿卡罗琳打电话过来,说山顶上有人种了水仙,执意要我去看看。此刻我在途中,勉勉强强地赶着那两个小时的路程。

通往山顶的路上不但刮着风,而且还被雾封锁着,我小心翼翼,慢慢地将车开到了卡罗琳的家里。

"我是一步也不肯走了!"我宣布,"我留在这儿吃饭,只等雾一散开,马上打道回府。"

"可是我需要你帮忙。将我捎到车库里,让我把车开出来好吗?"卡罗琳说,"至少这些我们做得到吧?"

"离这儿多远?"我谨慎地问。

"3分钟左右,"她回答我,"我来开车吧!我已经习惯了。"

10分钟以后还没有到。我焦急地望着她:"我想你刚才说3分钟就可以到。"

她咧嘴笑了:"我们绕了点弯路。"

我们已经回到了山顶上,顶着像厚厚

面纱似的浓雾。值得这么做吗？我想。

到达一座小小的石筑的教堂后，我们穿过它旁边的一个小停车场，沿着一条小道继续行进，雾气散去了一些，透出灰白而带着湿气的阳光。

这是一条铺满了厚厚的老松针的小道。茂密的常青树罩在我们上空，右边是一片很陡的斜坡。渐渐地，这地方的平和宁静抚慰了我的情绪。突然，在转过一个弯后，我吃惊得喘不过气来。

就在我的眼前，就在这座山顶上，就在这一片沟壑和树林灌木间，有好几英亩的水仙花。各色各样的黄色怒放着，从象牙般的浅黄到柠檬般的深黄，漫山遍野地铺盖着，像一块美丽的地毯，一块燃烧着的地毯。

是不是太阳倾倒了？如小溪般将金子漏在山坡上？在这令人迷醉的黄色的正中间，是一片紫色的风信子，如瀑布倾泻其中。一条小径穿越花海，小径两旁是成排的珊瑚色的郁金香。仿佛这一切还不够美丽似的，倏忽有一两只蓝鸟掠过花丛，或在花丛间嬉戏，她们品红色的胸脯和宝蓝色的翅膀，就像闪动着的宝石。

一大堆的疑问涌上我的脑海：是谁创造了这么美丽的景色和这样一座完美的花园？为什么？为什么在这样的地方？在这个荒无人烟的地带？这座花园是怎么建成的？

走进花园的中心，有一栋小屋，我们看见了一行字：

我知道您要问什么，这儿是给您的回答。

第一个回答是：一位妇女——两只手，两只脚和一点点想法。第二个回答是：一点点时间。第三个回答：开始于1958年。

回家的途中，我沉默不语。我震撼于刚刚所见的一切，几乎无法说话。"她改变了世界。"最后，我说道，"她几乎在40年前就开始了，这些年里每天只做一点点。因为她每天一点点不停地努力，这个世界便永远地变美丽了。想象一下，如果我以前早有一个理想，早就开始努力，只需要在过去每年里每天做一点点，那我现在可以达到怎样的一个目标呢？"

卡罗琳在我身旁看着，笑了："明天就开始吧。当然，今天开始最好不过。"

 我要对你说

涓涓细流，最终汇聚成汪洋大海；粒粒轻沙，最终凝结成巨石险峰。不要放弃自己的梦想，设定一个小小的目标，每天用一点点时间坚持下去，心中的天堂就会成为身边美丽的花园。

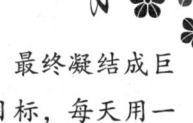

骗 局

须 兴

大院里有一棵大槐树,没事时,大家爱凑在那里吹吹牛、下下棋。老木会坐在石磴上,慢慢地摇着扇子,时不时地插上几句话。

槐花在头顶飘香的时候,大院里来了一个人,穿着很旧的西服,头发也乱得很,身上充满了风尘与疲惫。那人可怜兮兮地掏出一张纸条来,却是一份证明。大约是怕把它弄皱了和弄湿了,那证明被装在一个透明的塑料袋里。证明上的文字是:兹有我县某某乡、某某村、某某人因家庭遭受火灾,致两死两伤,现经济困难无法生活及治疗,故外出乞讨,希望各单位和个人给予帮助。证明的落款处是邻省某县民政局的大红印章。

这可怜兮兮的人和他手中的纸条引起了大家的议论。小李翻来覆去地看着纸条说:"民政局还鼓励人外出乞讨?没听说过。"老张伸着脖子说:"当地政府不可能不过问呀。"那人一副为难的样子说:"哪怕是有一丝办法,我一个大老爷们也不会跑出来求助呀。"大家都不信任地看着那人,不再说话。老木摇着扇子过来,从口袋里掏出5元钱,放到那人手上。那人收了钱,一次次对大家拱手,可是再没人掏钱了。

那人走后,大家都开始奚落老木。小李撇着嘴说:"骗子,十足的骗子!"老张不屑地瞟一眼老木说:"弱智啊,弱智!"就连老木的女儿也不满意地瞪了老木一眼。老木呢,宽厚地笑笑,看人家下棋去了。

几日之后,又来了一个人,与上次那人一个口音,看起来极像个憨厚的农民。来人同样拿出一份装在塑料袋中的证明,同样乞求大家帮助,证明也同样盖着邻省某某县民政局的公章。只不过证明上的内容有所不同,称该县某某乡全县惨遭水患,痛失家园。小李"噗"地笑道:"又来了又来了!"老张讥刺道:"火灾、水灾都让你们赶上了。拿我们当什么人啦?"来人便有些木讷地笑,慢慢红了脸。老木依旧摇着扇子过来,递上一杯水说:"大老远地过来,不容易,不容易。"说着,竟又掏了5元钱放进来人手中。来人接过钱,急匆匆走掉了。

老木的行为引起大家一片嘲笑。小李摇头说:"世界上最愚蠢的人,就是不知道接受教训的人。"老张叹息说:"老木呀老木,你是不是脑子有病呀?"老木不说什么,仍是宽厚地笑笑,自顾摇着扇子。老木的女儿生气了,噘着嘴对老木说:"这5元钱要是买一块肉,够全家饱饱吃一顿呢,为什么要便宜一个骗子?"

老木不笑了,收起折扇对女儿说:"骗子的伎俩是够笨拙的,怕是连小孩子都能看出来呢。你想,他的诡计这么容易被人识破,他还骗得了谁?骗不到钱怎么办?他可能会'改善'或重新设计大的骗局。别忘了,所有的大骗子都是从小蒙小骗开始的。我看他累了一天,饿了一天，也蛮可怜的，给他5元钱让他吃顿饭，他也许会好好想一想：有人明知他是骗子还偏偏给他钱，可见这人心并不坏，他还忍心继续骗人吗——你见过他们当中有人来过第二次吗？没有！他们也许因为羞愧洗手不干了。我虽然花了5元钱，可这世上从今以后可能会减少一个骗子，甚至是一个大骗子，这有什么不好？孩子，做人，有时候心甘情愿地受骗，也是一种享受呢！"

老木的话说得他女儿愣愣的，也说得大家久久沉默着。

"勿以恶小而为之，勿以善小而不为。"不要放弃劝人为善的机会，要理解别人的苦难与窘迫，敞开心扉，用真诚的行动与智慧的方式把善心无私奉献给需要帮助的人。每一个生命都将因此而焕发善的光彩。

幸福在每一秒的呼吸里

秦 明

大四第二学期,由于还差两个学分,我便选修了《心理学》这门课程。

授课的先生是一位满头银发的老教授。老实说,我对心理学并没有太大的兴趣,我关心的只是那两个学分。所以,整整一个学期,这门课我只去过两次:第一次是去交选修卡;第二次是这门课的最后一堂课。

在最后一堂课快要结束的时候,先生跟我们说了这样一番话:"这是我给同学们上的最后一节课,可我知道,这么久以来,你们中间并没有多少人真正学到了我的知识。今天,我将把毕生所学倾囊相授!"紧接着,先生问了大家一个问题:"活在这个世界上,你幸福吗?"

教室里顿时哗然一片,大家都纷纷议论起来。那时候我还没有找到工作,属于未就业一族,加之女朋友正和自己闹分手,心情糟糕透了。于是,我站起来回答道:"我很不幸福!"

先生叫我走到教室前面去,面对大家站在他面前,我依法照做。突然,先生用他那强劲有力的一只大手紧紧地把我抱住,又用另外一只手把我的嘴和鼻子捂

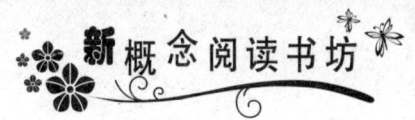

起来!虽然我当时刚23岁,正值年轻力壮之时,无奈先生虎背熊腰,无论我怎么努力,硬是动弹不得,只好任凭他把我死死捂着,不能呼吸。等我实在受不了的时候,先生终于松了手,笑嘻嘻地问道:"小伙子,现在是不是很幸福呀?"这件事情发生得太突然,充其量就一分多钟的时间,经过刚才的一阵窒息,我惊魂未定,赶紧大口大口地呼吸开来,果然感觉到一种从未有过的痛快和幸福!

面对大家惊讶的目光,先生说道:"同学们,我们这代人经历的事情比你们多得多,我学心理学一辈子,人到晚年,才终于悟到了幸福的真正含义:无论世事多么不顺,其实我们每时每刻都是幸福的,因为我们还能够自由呼吸!"

在沉默了好几分钟后,教室内终于响起了一片热烈的掌声!

生活中,有些东西看不见摸不着,但是它却实实在在存在着,就像呼吸,有多少人会注意到呢?可是一旦你注意到了它的存在,你就拥有了幸福!

人们感到不幸福的原因不是拥有太少,而是欲求太多,贪心太大。如果总是把目光锁定在自身所缺乏的事物上,即使拥有再多,也会觉得自己是世界上最痛苦的人。

标准答案

熊佳田

从报上看到一个脑筋急转弯题,觉得挺好玩儿,回家时就想考考儿子。吃晚饭时,我问儿子:"有一个女孩从海边的沙滩上走过,她的身后为什么没有脚印?"

儿子顿了顿,问:"当时天黑了吗?"

我说:"这跟天黑有什么关系?"

儿子回答说:"如果天黑了,连人都看不见,自然就看不到沙滩上的脚印了。"

儿子说得有点道理,我只好说天没有黑。

"那么,是黄昏的时候吧?"儿子接着问。

我有点儿不耐烦了:"这有关系吗?"

"如果是黄昏,开始涨潮了,潮水就把脚印冲刷掉了。"

我耐着性子说是中午,心里想这回儿子可该说出答案了吧,没想到儿子继续问:"这个女孩是个杂技演员吗?"

我简直有点恼火了:"这有关系啊?"

儿子不紧不慢地说:"当然,如果她是个杂技演员,那么她可能是用两手在沙滩上行

走,沙滩上只有手印,没有脚印。"

我强压怒火尽量克制自己说:"她不是杂技演员。"

"那么就只有两种可能了,一是她在水中走……"

没等儿子说完,我便忍无可忍地喊道:"她没有在水中走!"

"那么就只剩下一种可能,她是倒退着走,脚印在她的前面,而身后没有脚印。"儿子终于说出了标准答案。

是啊,现实生活中哪有什么标准答案,一个不起眼的元素,就会使全盘改变。

我要对你说

所谓"标准答案"只存在于理论之中,现实生活中任何一点细微的改变,都可能在开始时差之毫厘,在答案上谬之千里。所以不要迷信"标准答案",运用你的智慧,所有设想都将带来美丽的结果。

其实很简单

流 沙

自从邻居在屋檐上装了遮雨篷后,一到雨天,我再也无法入睡了。

雨篷是塑料的,雨打在上面,发出清脆的声音。白天倒罢了,到晚上,那声音特响,像钹锣一样,聒噪得让人头皮发麻。

好几次想去理论,但一想到他是某单位的领导,有过一段"横行"的故事,心里便怕怕的。

有几次,我在楼下遇上他,他们一家三口站在花圃边,那辆小车播放着音乐,他呢,翻着报纸。我就有一种欲望,和他沟通一下。但一看到他旁若无人的姿态,心中便打了退堂鼓。

前些天父亲来城里,刚好下大雨,父亲被那雨篷发出的声音吵得一夜无法入睡。第二天早晨,父亲对我说:"那邻居家怎么能这样,装这样一个雨篷,吵得四邻五居都不安生。"

我对父亲说:"他有权有势,咱惹不起。"

父亲却说:"有权有势又怎么了,总不能影响老百姓睡觉吧。"我苦笑着,不再说话。

有一天傍晚,我下班回家,

刚走到楼下,邻居那车也到了,他从驾驶室里出来,唤住我,说:"那老人是你爸吧,他说我家那雨篷一到雨天特吵人。真是对不起,我家前面那几个房间一直空着,是个储物间,我们自己没发现。我已经叫工人在上面铺了一层薄海绵,以后就不会响了。"

他关了车门,走上楼去,回头又笑笑:"真是不好意思。"

我呆住。

一个困扰我多年的问题就这样轻而易举地解决了。可是,这小小的意见我怎么就不敢提呢?为什么我宁可忍受痛苦也不敢把自己的想法说出来?我突然发现,我是多么胆小的一个人,多么保护自己的一个人,我怕受伤,像一只都市蜗牛,小心翼翼地活着。

这是不是一种悲哀?

我要对你说

有时,人的思想有如荆棘,过多的顾虑如刺牵绊住人前进的脚步,但当生活向你敞开它的真面目,人却发现自己本以为复杂的事情背后原来那么简单,只是自己庸人自扰。试着让自己的生活返璞归真,试着斩断无聊的猜忌和顾虑,一切烦恼自然迎刃而解。

监狱可能还不够用

高宜远

拿破仑·希尔曾经做过一个这样的试验，他问一群学生："你们有多少人觉得我们可以在30年内废除所有的监狱？"

学生们觉得很不可思议，这可能吗？他们怀疑自己听错了。一阵沉默以后，拿破仑·希尔又重复了一遍："你们有多少人觉得我们可以在30年内废除所有的监狱？"

确信拿破仑·希尔不是在开玩笑以后，马上有人站起来大声反驳："这怎么可以，要是把那些杀人犯、抢劫犯以及强奸犯全部释放，你想想会有什么可怕的后果啊？这个社会别想得到安宁了。无论如何，监狱是必需的。"

其他人也开始七嘴八舌讨论："我们正常的生活会受到威胁。""有些人天生就坏，是改不好的。""监狱可能还不够用呢！""天天都有犯罪案件发生！"还有人说有了监狱，警察和狱卒才有工作做，否则他们都要失业了。

拿破仑·希尔不为所动，他接着说："你们说了各种不能废除的理由。现在，我们来试着相信可以废除监狱，假设可以废除，我们该怎么做？"

大家勉强地把它当成试验，开始

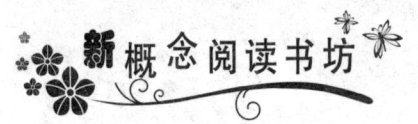

静静地思索。过了一会儿，才有人犹豫地说："成立更多的青年活动中心应该可以减少犯罪事件。"不久，这群在10分钟以前坚持反对意见的人，开始热心地参与讨论，纷纷提出了自己认为可行的措施。"先消除贫穷，低收入阶层的犯罪率高。""采取预防犯罪的措施，辨认、疏导有犯罪倾向的人。""借手术方法来医治某些罪犯。"……最后，总共提出了78种构想。

这个试验说明：当你认为某件事不可能做得到时，你的大脑就会为你找出种种做不到的理由。但是，当你真正相信某一件事确实可以做到，你的大脑就会帮你找出能做到的各种方法。

我要对你说

面对困难，一味地躲避是弱者的做法，盲目地乐观是莽夫的行为，只有用智慧和勇气去直面它才是智者的选择。其实世事本没有难易之分，只是我们怯懦懒惰。"车到山前必有路"，不妨做个有心人，你会发现任何坎坷都将化为坦途。

美丽的谎言

王伶俐

高三那年,好友相聚话别。草草杯盘共笑语,昏昏灯火话平生。说不完的豪言壮语,道不尽的离愁别绪。曾年少轻狂的我们,那一刻笑得好开心,竟掉下了泪……

我们约定了种种联系和相聚的方式,其间好友恒建议元旦时不互寄贺卡,以示我们的清高,以表我们不媚俗从众。我听后便把头埋得很深,沉默不语。这一直是我最不愿谈的话题。自从爸爸因车祸花去了大笔的药费,我和妹妹的学费便成为父母每日劳作但有时仍入不敷出的负担。此后,每逢元旦前夕的那些日子,我都似度日如年般的难过。纵使我节衣缩食,单买贺卡的那笔不大也不小的开支,也足令我愁肠百结,焦虑万千。何况又身置一个重视"礼尚往来"的社会,那些日子,我简直是谈"卡"色变。而今,贺卡的档次也是突飞猛进,更是令人"可远观而不可亵玩焉"。

大家纷纷发言,各抒己见。慧更是慷慨陈词:"我赞同恒的意见,我们就要成为大学生了,应有自己最独特的方式,这些天真、幼稚甚至是俗气的形式主义,将会被我们所摒弃。"

每个人都发表了意见,最后一致通过元旦不寄贺卡。我如释重负般的松了口气,暗自庆幸我的这些朋友居然无意之中替我解决了一大难题。那天,我们洒泪分别后便天各一方。

时间在静如流水的生活中飞逝。转眼佳节将至,想起当初的约定,看着街上形状各异的贺卡,心中没有负担,倒也轻松自如。圣诞节前,大学的室友们便开始收到朋友们寄来的贺卡,看着她们兴高采烈的样

子，一种不平衡的感觉在我心中油然而生。难道在这个热闹的季节里，单把我一人留在这个被人遗忘的冷清角落吗？我面无表情地坐在一边，心中有种怅然若失的感觉。

今天便是元旦了，室友们都出去玩了。我独坐在阳台上，呆呆地望着远方，心乱如麻。猛然间，我听到有人在叫我，回过头，生活委员把一摞厚厚的信放到我的手中："新年快乐！"我愣住了，一脸的茫然，继而是一阵狂喜。我迅速拆开信封，一张心形的贺卡便迫不及待地滑了出来。看着上面熟悉的字体、幽默的话语、亲切的问候，我说不出话来。每拆开一封信，就有一股温馨的气息扑面而来，眼前就会浮现出一张张熟悉的笑脸，就会再一次加重我眼角的湿润……我的手颤抖着，竟无语哽咽。仔细看看信封上的邮戳都是同一天，她们计算着我刚好在元旦这天收到，让我身处"绝境"，不留丝毫"礼尚往来"的回旋余地，霎时间，我明白了，当初的约定……

我泪流满面地笑了。其实从约定的那一刻起，我就应明白这本是一个美丽的谎言。而那时我实在是太"聪明"了。忽然我想起了那句诗："眼中有泪，心中才有彩虹……"

我要对你说

善意的谎言是生活中动听的音乐。这是一种美丽的语言，渗透着理解与宽慰。生活环境有贫富之分，但真情却没有界限与隔阂，因为它是爱的使者。一张张贺卡载着朋友真挚的关怀与问候，温暖了一颗孤寂的心，也为天边画上了爱的彩虹。

最好的投资

张建伟

在 2006 年《福布斯》杂志的全球富豪排行榜上，沃伦·巴菲特的个人资产达到 420 亿美元，他坐上了全球富人的第二把交椅，被人称为华尔街股神。

最近，英国《泰晤士报》的一位记者采访他："在您至今所进行的投资中，哪一次的收益最高？"沃伦·巴菲特想了想，从办公桌抽屉里拿出一个发黄的笔记本，笑呵呵地说："就是这个了。"记者不信，说："您在开玩笑吧？"这时，他严肃起来："不，先生，这是真的。这个笔记本是我小时候以 0.5 美元买的，现在已成为我最珍贵的财富了。"记者带着疑问打开笔记本，想看看里面到底有什么宝贝，才发现上面记录了他突然闪现的投资想法以及一些生活和投资经历，后面附有一些评论性的感受。其中几段是这样的：

7 岁那年，我向父亲要一点零花钱，买一本很好看的漫画书，父亲不给，让我自己想办法。于是，我只好像别的孩子那样去送报或做点别的短工。

（第一次拿到自己挣钱买的东西，有一种很高兴和自豪的感觉。）

11岁时,当许多同龄孩子读报上的体育新闻或玩球时,我以38美元的价格购买了城市服务公司的股票,没多久股票跌至27美元,我坚持不卖,最终以每股5美元的盈利脱手。

(要学会自己作决定,要有自信和耐心。)

12岁时,再次购买股票,价格一路暴跌,最后,股票在低价上徘徊很久,遭受挫折。

(不要轻易涉足自己不熟悉的地方,不然很容易因为光线灰暗而跌倒;明亮的道路也不需要去了,那里太挤了。)

14岁时,我已经打了好几份送报的零工,并把它当作一项业务来经营。当时,我每天送500份报纸,我把送报的路线安排得极为合理。我还利用送报的机会向客户推销杂志,最大限度地增加收入。

(有时候,努力还不够,还必须用点智慧,更要有一个积极的心态。)

15岁时,我与伙伴联手在理发店安装了一个弹球机,这项业务每月挣50美元。17岁时,我以1200美元卖了弹球机。随后,我又和人合作买了一辆劳斯莱斯,并以每天35美元出租。

(开始创业时,一个人的力量是弱小的,我们需要一个伙伴。)

从开始上学我就养成了一个习惯,每天放学后,我都要阅读股票指数和图表以及《华尔街日报》。读大学后,我阅读了能够接触到的各种投资和商业类书籍,总共读了一百多本,并把学到的知识应用到实际中,尝试各种投资方法,力图找到一套框架体系,犯了很多错误,也吸取了许多经验教训。

（要想做好一件事，必须了解它，学习它，实践它。虽然遭受了不少失败，但是总算掌握了一些规律。）

……

"这真是一笔无穷的财富啊！"记者由衷地赞叹道。

沃伦·巴菲特稍稍一顿，接着说："这笔财富已经创造的物质财富以及它本身都在随时间而不断地增值，因此，可以说，它是我最成功、最漂亮的一次投资了。"

我要对你说

一个廉价的笔记本记载了主人公成功的全部心得，那是岁月的积淀、智慧的结晶。每一个人的成功都是偶然中的必然，任何人都不可能坐享其成。用汗水浇灌出智慧的花朵，用心灵捕捉机遇的翅膀，用积极的心态去赚取自己人生的财富。

深深一躬

王国华

郊外的一个别墅小区里,有一位老花匠。老花匠每天种花、浇花、修剪花,日出而作,日落而息。他服务的对象,是这个城市里最有身份和地位的人。那些人腰缠万贯,一呼百应,每天开着轿车往来于城市中心和这个别墅群之间。那些人脚步匆匆,左右着上海前进的步伐。老花匠则不紧不慢,穿梭在花丛之间、树枝之下。

他向西装革履、高贵优雅的先生女士们微笑、点头,甚至还和他们打招呼,那些人很有礼貌,对他的问候总是报以矜持的微笑。但老花匠明白,自己和人家永远是两个世界的人。他不知道那些人在忙些什么,想些什么,自己只是一个从乡下到城里来打工的人,没资格认识他们。自己只要照料好每一块泥土,让泥土上的鲜花愉悦那些匆忙的人,就足够了。

有一天,老花匠倒在了泥土上。他得了急病,昏迷过去。保安赶紧报告物业公司的经理:"老花匠病了,需要送医院,现在他身上没有一分钱,请大家伸一把手吧!"小区的广播立即播出了这个消息。一些门打开了,一些急匆匆的脚步停下了,就在等救护车的几分钟里,一张张票子揣进了老花匠的兜里。

几天后,老花匠顺利出院了,从乡下赶来的女儿把他扶回小区。那些西装革履的业主,见到他,依然矜持地对他笑笑,和他擦肩而过。但老花匠感到自己和他们不再有距离。他找到物业经理,找到保安,要谢谢那些解囊相助的人。可是,没有人能提供一份名单。显然,他也不能挨家挨户敲开门去询问。

女儿搀着老人,徘徊在小区的楼群之间。天色渐晚,灯光亮起来了。整个小区星星点点的光亮,晃在老人的脸上。他在每一栋楼前停下,认真地站好,深深地弯腰、鞠躬!

坚硬的城市,在坚硬的外表下还有这么多柔软的地方。

他向这永不蜕变的柔软鞠躬!

我要对你说

地位的差异,贫富的差距并不能阻挡人们伸出爱心之手,这手温暖而有力,这手善良而美丽,在钢筋水泥的都市里,为人们撑起了一个爱的天堂。

比征服者更有力

小 七

观众而言,探险者实际上跑了三万多千米路这件事,似乎就把他一大堆其实待在家里也可抄袭到的老生常谈和平淡闲话,都神奇地变成有重大意义的启示录了。

——列维·斯特劳斯《忧郁的热带》

从雪山归来,有人告诉我:人真渺小。

但我们似乎并不需要长途跋涉,到雪山上去寻觅这一朵真理的小花。人的渺小,并不需要去远处找来一个超级庞然大物做对比。世界上最高、最庞大的事物是天空。不需要到雪山上,在马路上一抬头,就能看见它,无可企及,笼罩一切。

在雪山上,也许天空更澄澈,星星更大。但那是一个更美的天空,不是一个更大的天空。

之所以在雪山的天空下才感到自己的渺小,是因为在城市的天空下,人们已经不再思考这一类问题。一些人回到城市两天,就把刚刚得来的启示又统统还给了雪山和记忆,一切又周而复始。在雪山之巅,他不曾幻想过占有一两颗星星,而在城市里,太多没有被占有之物,使他感到永恒的匮乏和焦虑。

据说，登山已经变成了富豪们的新游戏，似乎人世间已经没有更值得征服的东西，似乎富豪们已经成功到只匮乏一样东西：下一个征服对象。

当年，拿破仑在自己周围找不到哪里还有敌人，哪里还有帝国可以夺取，于是决定出征俄罗斯。他的舅父菲舍红衣主教恳求他不要同时招来天上和地上的敌意。拿破仑拉着舅父的手，把他领到一扇窗户前，问道："您看到那颗星了吗？"——"看不见，陛下。"——"仔细看看。"——"陛下，还是没看见。"——"可是，我看见了。"

把看不见的星星留给目光深远的征服者吧，我们可以满足于仰望被他忽视的其他星星。

拿破仑晚年身体虚弱，他在圣赫勒拿岛的花园里挖了一个小水池，在里面养了几条鱼，但是不久鱼就全死了，他叹息道："跟我有关的东西，都躲不过打击。"1812年2月底，拿破仑躺在床上，再也没有起来，"当年我搅得世界天翻地覆，现在却连眼皮也抬不起来了。"

懂得一点养鱼的技艺，能够灵活地闪动眼皮，你就可以在某个时刻，比征服者更有力、更自由。

我要对你说

有的人眼中的幸福是征服高山，有的人眼中的幸福是征服世界，但是世界只有一个，高山也不够多，怎么办呢？我们还是关注一下花花草草吧，因为那些征服者永远不会分清那些美丽的花草。我们有我们自己的快乐，幸福就是这么简单。

幸福已经满满的

郭 葭

中专毕业后我当了一名护士,和大多数人一样,我的生活平凡而平淡。我不太留意这个忙碌的世界,这个世界也以它的现实漠视着我。随着时间的推移,我发现我曾经不太留意的这个世界对我有着越来越多的诱惑。于是平静被打破了,我便总想得到更多。

我不是彻底的物质主义者,但我愿意享受生活。我希望可以过上一种足以称之为"幸福"的生活,却不能为"幸福"下一个准确的定义。上小学时有一篇课文《幸福是什么》,我想现在没有人愿意相信小学课本里的东西了,包括我。

去年夏天的一个极普通的下午,我百无聊赖地在街上走着。街上人多车多,一辆摩托车撞倒了一个农村小女孩。小女孩跟着她的父亲,那父亲苍老而贫寒。车主是城里所谓的"痞子",撞了人后扬长而去。看着街头相依的父女俩我默默叹息着,于是走上去看了小女孩的伤口，说："算了，我带她上医院包扎一下。"老农感激地带着女儿跟我去了医院。他在路上说他没法子，乡下人穷，进城来卖点儿水果，没想到遇上这样的事。对我，他谢了又谢。我帮小女孩包扎好，说不碍事，过几天就好了。老农从口袋里掏出一卷零钱，战战兢兢不知要付多少医疗费，我说不用了。父女俩千恩万谢地走了。

这件小事我很快忘了，我策划着一种又一种的生活方式，然而却一次又一次地碰钉子，于是我在一个夜班时悲哀地想，幸福离我是越来越远了。那一个夜班我心乱如麻。清晨七点，我伏在窗口看外面忙碌的世界，不知道自己的位置在哪里。

有人叫我："医生，医生！"我回头，叫我的不是病人或家属，但似曾相识。想起来了，是不久前我帮助过的农村父女！

小女孩拉拉她父亲的衣角："是那天的阿姨。"老农放下背着的大口袋，口袋看样子很沉，可他这么大岁数却背得稳稳的。老农笑着说他女儿头上的伤全好了，多亏好心的我。这次进城，他们是专程来谢我的。说着便把沉沉的大口袋解开，天哪，里面是满满一口袋桃子！又红又大，多得让我吃惊。老农说那是他全家细细挑的，乡下人没什么好送的，就送些桃子表表谢意吧。我惊讶得说不出话来。真的，那一刻我竟有点儿眼睛湿润的感觉，为父女俩简单而质朴的谢意。我请他们坐下，突然想起现在才7点，哪儿有这么早的车？对我的询问，老农说，他们早上五点就出门了，走了两个小时才到这儿。我说怎么不晚点儿好乘车来呢？老农憨然地笑了，说乡下人不比城里人，走惯了……

送走父女俩，我看着那足有三十多斤重的桃子，想到他们一家人在那摘，在院子里细细地挑，想到他们走了二十几公里的路把桃子送给我，想到他们简单而淳朴的心愿：希望报答好心的医生，希望小女儿上城里的高中，希望成绩好的小女儿像我一样，有好的工作和生活……

我从不知道我是如此的幸福——年轻、能干、有学问，有一份好工

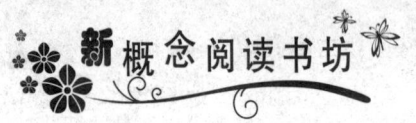

作，有一颗好心。看着那满满一口袋鲜艳的桃子，我知道我拥有满满的幸福。那幸福就像这又大又红的桃子，一个一个真实可触，是那么满满的、满满的。

我想我可以为幸福下一个定义了。珍惜你所拥有的每一样东西，你会发现，幸福简单得让人无法置信。

幸福是一种生命的满足，它透过平凡的生命，折射出的是人性的光辉。体味沁人心脾的感动，感悟芳香四溢的爱心，幸福会在不经意间来到，在你的身边散发着芬芳……

一分钟改变人生

李 群 编译

美国作家谢尔曼·罗杰斯上大学时,曾利用暑假在爱达荷州的伐木队打工。工头准备休几天假,在此期间,他让罗杰斯代理他的工作。

"如果有人不服从我的指挥怎么办?"罗杰斯问道。说此话时,他心里想的是托尼。这个移民工人整天发牢骚,经常跟别的工人闹冲突。

"炒掉他。"工头回答。然后,仿佛是看穿了罗杰斯在想什么,他又补充道:"我想如果有机会的话,你一定会炒掉托尼。如果你那样做,我会很难过的。我从事伐木工作40年了,托尼是我带过的最可靠的工人。我知道他是个牢骚大王,对世界满怀仇恨。但是他每天第一个出勤,最后一个收工,他在这里工作了8年,从没出过一次事故。"

罗杰斯第二天就接手了工头的工作。他找到托尼谈心:"托尼,你知道从今天起这里由我负责了吗?"托尼咕哝了几声。他告诉托尼:"本来我的打算是,如果你不听话就立刻辞退你,但我改变了主意。"然后他就把工头昨天说的话告诉了托尼。

听完罗杰斯的话,托尼手中的铁锹掉落地上,泪水沿着他的脸颊淌下:"为什么他以前没有告诉我呢?"那天托尼干得比往常更加起劲,而且他居然笑了!后来他对罗

杰斯说:"我告诉妻子,你是头一个跟我说'干得不错,托尼'的工头。她高兴得像过节一样。"

暑假结束后罗杰斯便回到了学校。12年后他与托尼再次相遇,托尼已经加入西部最大的一家伐木公司,并做了铁路建设主管。罗杰斯问他何以取得了这样的成功,托尼答道:"如果没有你在爱达荷的那一分钟谈话,总有一天我会杀人的。你只用了一分钟,就改变了我的人生。"

你曾付出一分钟来感动他人吗?花一分钟告诉他人,你真挚地喜爱或欣赏他。只需一分钟,就可能改变一个人的人生。

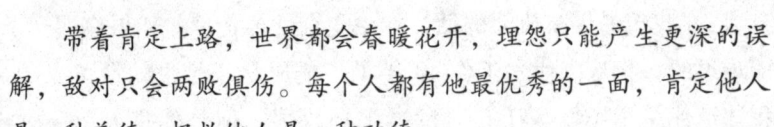

带着肯定上路,世界都会春暖花开,埋怨只能产生更深的误解,敌对只会两败俱伤。每个人都有他最优秀的一面,肯定他人是一种美德,拯救他人是一种功德。

通往天堂的路

徐全庆

有一个年轻人想去天堂。去天堂必经一个路口,道路一分为二,一条往左,一条往右。路口有一个看路人。

年轻人停住了,他不知该走哪条路,于是就问看路人。看路人说:"这两条路只有一条可以通往天堂,至于是哪一条,谁也不知道。但不论你要走哪一条路,一旦跨过路口,就永远不能回头。"

"那另一条路通往哪里?"年轻人问。

"不知道,也许是地狱,也许是……反正没有人能说得清。"看路人说。年轻人犹豫了,他在这条路口看看,又在那条路口瞧瞧,可是哪条路他都不敢跨过去。

不久,路口又来了一个人。那个人向看路人问了和年轻人一样的问题,当然也得到了和年轻人一样的回答。那个人想了想,便选了一条路往前走。就在他即将跨过路口的一刹那,年轻人喊住他问道:"你怎么知道这条路通往天堂?"

"我不知道。"那个人说。

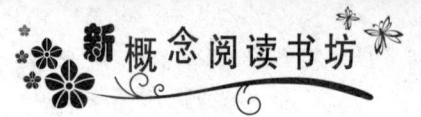

"不知道你怎么敢往前走?你难道不怕走入地狱?"年轻人奇怪地问。

"怕。"那个人说,"但我如果不往前走,就永远不可能到达天堂。"

"可是你可以和我一起等啊,也许我们将来能够知道哪一条路通往天堂。"年轻人说。

"可是如果我们永远也等不到那一天呢?"那人说着就头也不回地走下去了。年轻人摇了摇头,继续在路口徘徊。

以后,路口又来了很多人。他们有的问了一下路怎么走,就选一条路走下去了;有的甚至问都不问一声就走下去了。

对每一个经过路口的人,年轻人都会喊住他,问他是否能确定哪一条路通往天堂。但每一次他得到的都是否定的回答,所以年轻人就一直在路口徘徊。

年轻人不死心,他常常抱着一线希望去求那看路人:"你一定知道哪一条路通往天堂,求你告诉我吧。"但每一次他得到的都是失望。他也常常向两个路口张望,希望有人能回过头来说自己走错了,这样他就可以选另外一条路了。但他没有看到过一个人回头。

年轻人——我们姑且仍这样称呼他吧,因为他仍一直把自己当作年轻人——就这样在两条路口不停地徘徊。渐渐地,他发现自己的头发落了,胡子白了,背也驼了,他已经慢慢变得老弱不堪了。

他有些后悔,如果当初自己也像其他人一样,随便选一条路走下去,现在也许已经在天堂了,但现在……这样想时,他发现自己已经走不动了,他的一生就这样在犹豫徘徊中虚度掉了。

 我要对你说

没有人能告诉我们未来人生的道路究竟该怎么走,只有靠我们自己去摸索。我们应该每时每刻都对自己充满信心,决定了就坚定地走下去,脚踏实地地前行才能到达光辉的终点。

这也会过去

蒋光宇

1954年,巴西的男女老少一致认为,巴西足球队一定能获得世界杯赛的冠军。然而,天有不测风云,足球的魅力就在于难以预测。在半决赛时,巴西队意外地输给了法国队,结果没能将那个金灿灿的奖杯带回巴西。

球员们比任何人都更明白,足球是巴西的国魂。他们懊悔至极,感到无脸去见家乡父老。他们知道,球迷们的辱骂、嘲笑和扔汽水瓶子是难以避免的。

当飞机进入巴西领空后,球员们更加心神不安,如坐针毡。可是,当飞机降落在首都机场的时候,映入他们眼帘的却是另一种景象。巴西总统和两万多名球迷默默地站在机场,人群中有两条横幅格外醒目:

"失败了也要昂首挺胸!"

"这也会过去!"

球员们顿时泪流满面。总统和球迷们都没有讲话,默默地目送球员们离开了机场。

球员们对"失败了也要昂首挺胸"的理解是比较透彻的,可相比之下,对"这也会过去"的理解却不够透彻……

四年后,巴西足球队不负众望,赢得了世界杯冠军。

回国时,巴西足球队的专机一进入国境,16架喷气式战斗机立即为之护航。当飞机降落在道加勒机场时,聚集在机场上的欢迎者多达3万人。在从机场到首都广场将近20公里的道路两旁,自动聚集起来的人群超过了100万。这是多么宏大和激动人心的场面啊!

人群中也有两条横幅格外醒目：

"胜利了更要勇往直前！"

"这也会过去！"

球员们对"胜利了更要勇往直前"的理解是比较透彻的，可相比之下，对"这也会过去"的理解依然不够透彻……

后来，巴西足球队的队长开始向一些人请教，应该怎样理解"这也会过去"的含义。

真是无巧不成书。队长请教的一位老者微笑着说"这也会过去"的横幅就是他写的，并给队长讲了下面的故事：

据说，伟大的所罗门王有一天晚上做了一个梦。

一位智者在梦里告诉他一句至理名言，这句至理名言涵盖了人类的所有智慧。能使他得意的时候不会趾高气扬，忘乎所以；失意的时候能够百折不挠，奋发图强，始终保持勤勤恳恳、兢兢业业的状态。

但是,所罗门王醒来之后却怎么也想不起来那句至理名言了。于是,所罗门王找来了最有智慧的几位老臣,向他们讲了那个梦,要求他们把那句至理名言想出来,并拿出一枚大钻戒,说:"想出来那句至理名言之后,就把它镌刻在戒面上。我要把这枚戒指天天戴在手上。"

一个星期过后,几位老臣兴奋地前来送还钻戒,戒面上已刻上了一句勉励人胜不骄败不馁的至理名言:

"这也会过去!"

对失败的耿耿于怀会使你陷入更深的苦闷,对成功的忘乎所以会让你坠入自满的陷阱。怀着"这也会过去"的心态,人生的天平才会公正地承载着你的梦想与希望。

慷慨之道

顾克贤

冬日的黄昏,我和朋友围坐在熊熊的炉火边,气氛恬适,最宜促膝谈心。这位朋友平素沉默寡言,现在却娓娓讲述自己的心事。

"我常常感到痛苦,"她说,"我没有力量对别人慷慨一点。想要送人一点东西也办不到。"

我知道她的情形。她丈夫接连生了几场病,家里债台高筑,还有三个孩子在读书,所以她的手头非常拮据。可是她似乎并不知道,她自己实际上是小镇上最肯帮助别人的人。

"我觉得,你是最慷慨的人了。"我说,"让我把其中的道理说给你听。"

我们首先谈到钱,因为钱所代表的慷慨,是大家所最熟悉的。可是我认为,真正的慷慨是另外一种表现。

某年,纽约闹流行性感冒,病人使医生和护士应接不暇。纽约市某俱乐部的若干会员决定助一臂之力。他们都是上了年纪的富人,如果捐出一大笔钱来,实在易如反掌。但是他们没有那样做,却穿上白制服,为医院擦地,

替病人洗澡，侍候病人，安慰垂死的病人和死者的家属。疲劳和传染都不能减少他们的热心。这才称得上真正的慷慨，因为他们不是出钱，而是献出自己。

一位朋友告诉过我，他的太太送他一株木兰作为生日礼物的故事。那一天，他回家比较早，看见邻家的孩子在他的前院挖坑，他觉得很奇怪。

"那孩子告诉我，他知道我的太太要送我一株木兰。他接着说：'我很穷，但我也想送你一件礼物。就是这个坑。'我心里感动极了！"

一方慷慨地给予，另一方应该欣然接受。受礼而不领情，反而伤感情。有一次，我在路上遇见一位朋友的丈夫，他提着一个漂亮盒子，满面春风地告诉我："我的太太一直想要一件皮大衣。这两年我省吃俭用，现在终于买来了——我要送给她，庆祝我们结婚十周年纪念日。来，你到我家来，看看她高兴的样子。"到家后，他的太太打开盒子一看，却说："哎，你怎么搞的？你晓得，我们现在多需要一块新地毯……"

我记得另外一种受礼的态度。一位有钱的太太，她想要的东西都有了。有一天，她无意中谈到需要一样小东西，可是没有空上街。我觉得可以替她效劳。想不到她竟眼泪汪汪地说："你真好，肯为我跑那么远的路！"我不过花点儿时间，她却那样感激涕零，使我觉得反倒欠了她的情似的。我发现，最好的礼物莫过于自己的时间。礼物没有送礼者自己的情分，便没有意义；任何礼物都不如时间所包含的自我情分多。可是许多人宁愿花钱，而吝啬时间。

许多做父母的，表面看起来非常慷慨，为孩子花许多钱，买这买那。有时自己省吃俭用，却往往宠坏了子女。明智的父母就知道，在子女身上花钱，不如花时间。

一位企业家问他的邻居："你想不想知道，我送给儿子的圣诞礼物是什么？"

他的邻居以为一定是什么值钱的东西，事实却在他的意料之外，那礼物原来只是一张纸，上面写道："儿子：我每天空一小时给你，星期天两小时，你高兴怎样我们就怎样。爸爸。"

送礼物不必花太多钱，送时间也不必太多。如果匀不出一个下午去探望朋友，可以打电话向他致意；如果写信太费事，可以寄一张明信片。

多数人都有慷慨之心，所幸表达慷慨的方式也很多。为别人的幸运和成功而庆幸，是一种慷慨；能从别人的观点看事物，容许别人有自己的意见和特色，也是一种慷慨。此外，圆通，避免鲁莽的言行；耐心，倾听别人的诉苦；同情，分担别人的悲痛，都是慷慨。

在一切慷慨行为中，最难能可贵的也许是以君子之心度人——不传播恶意的谣言；凡事往好处想，不往坏处想。不久前，这位和我围炉谈心的好友发现某人被造谣中伤，地方上的人都看不起他。她不辞辛劳，追究出谣言的来源，使造谣者不得不公开道歉。

"刚才我们所谈的这些慷慨，你都可以媲美，"我告诉她，"你为了别人，真是太慷慨了。"

炉火辉映下，我看见她面露笑容，虽然不能完全相信我的话，却也抑制不住喜悦，好像是得到了出乎意料的安慰。

我要对你说

以君子之心度人，以宽容之心处世，以博爱之心奉献，你就能明白什么是真正的"慷慨之道"。所以，不要为今天的烦恼而放弃明天的美好。幸福虽然不一定总眷顾你，但帮助别人获得幸福不也令人愉悦吗？

改变命运的那一会儿

崔修建

那个炎热的夏天,她和三个同学结伴来到繁华的大都市上海,希望找到一份工作。然而,在人才济济的竞争中,仅仅是普通中专毕业生的她们,面对那众多的高学历应聘者,只能甘拜下风,加之她们还存着高不成、低不就的求职观念,其结果可想而知了。

一晃半个月过去了,在遭遇了一次次应聘失败的打击后,三个同伴动摇了,决定返回那个偏远的山区小镇。

可她心有不甘地坚持要再等一等,但经过了又一番紧张的寻觅和焦急的等待之后,迎接四个人的仍是深深的失望。于是,三个同伴态度坚决地要返回。

拿到返程的车票,三个同伴一边收拾东西,一边抱怨自己命运不济,偌大的城市,竟然不能给她们一份说得过去的工作。

离开车还有两个小时,她不顾同伴的劝阻,非要出去再撞撞运气——看看能否在最后一刻抓住一线希望。

一个多小时过去了,她又碰了几个钉子。这时,同伴在传呼她该去车站了。她仍不死心地说:"再等一等,再努力一次。"于是,她又急匆匆地按刚拿到的报纸上标明的地址,赶赴一个新的招聘地点。

当她气喘吁吁地走进那个招聘售楼

小姐的办公室时,她的同伴正在候车大厅里等着她回去,因为再有40分钟就发车了。

眼看着开车的时间就要到了,她还没有回来。三位同伴着急地议论着,说她真是犯傻了,都出来二十多天了,也没找到合适的工作,最后这10分钟,也绝对不会有什么奇迹的。她们不相信命运会在这时突然向她们微笑,她们带着失落开始走向了检票口。

焦急等待招聘结果的她,手里的车票已经攥湿了,而考核还在不紧不慢地进行着。她暗暗地告诉自己:"再等一会儿,再等一会儿。"还有8分钟,火车就将载着她的同伴离开上海,这时,她的命运发生了根本的转变——她被这家大公司录用了。

经过三年艰苦的打拼,她成了繁华的大都市里一名令人羡慕的白领丽人。而与她当初同来的三位同伴,如今仍在那个经济欠发达的小镇为保住一份谋生的工作而绞尽脑汁,她们很后悔那天没有听从她的劝告。如果那天她们再多等一会儿,相信她们的人生也会是另一种走向,因为她们的综合能力与她其实相差无几,在某些方面甚至比她还要优秀。

表面上看,她的成功源于她比同伴多等了一会儿。实际上,就在她那执着的"再等一会儿"中,已经透露出了她必然成功的秘密——生活中的很多奇迹,都诞生于那锲而不舍的坚持之后……

生活中并不缺乏奇迹,可是很多人却没有机会遇见它,平庸与成功之间有时只差"再等一会儿"的执着。能力、信念再加一点坚持,梦想也许就是这么简单。

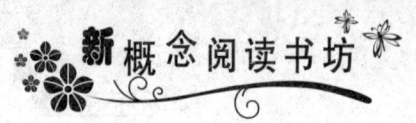

在绝处寻找生机

林慧慧

曾读过一则非常有意思的寓言：

话说两条欢天喜地的河从山上的源头出发，相约流向大海。它们各自分别经过了山林幽谷、翠绿草原，最后在隔着大海的一片荒漠前碰头，相对叹息。

若不顾一切往前奔流，它们必会被干涸的沙漠吸干，化为乌有；要是停滞不前，就永远也到达不了自由、无边无际的大海。云朵闻声而至，提出了一个拯救它们的办法。

一条河绝望地认为云朵的办法行不通，执意不就范；另一条河则不肯就此放弃投奔大海的梦想，毅然化成了蒸气，让云朵牵引着它飞越沙漠，终于随着暴雨落在地上，还原成河水流到大海。

不相信奇迹的那条河，宿命地流向前方，被无情的沙漠吞噬了。

在面对生活的困境时，我们都可以选择当第二条河，凭着自己坚定的信念和梦想，在绝处中寻找生机，而不是用死亡来拒绝面对难题。

访问过一名癌病患者，她透露自己当初在被推入手术室的那一刻，不断地和上帝"讨价还价"，祈求上帝让她多活10年，待她那两个年幼的孩子年长一些，再来把她带走。

在那一刻，孩子成了她活着的最大的意义。为了孩子，她积极乐观地面对病魔，一路走来已有12年，而上帝也未向她"讨债"。她说，患病后认识的另一名女士就没这么幸运了：虽然病情相似，但她却因丈夫离开，生活失去了重心而自怜自艾，放弃与病魔搏斗。面对死神的挑战，患病不到五个月的她选择放弃，像极了在沙漠中被索汲水分至死的

第一条河。

反观前者，从最初难以接受地不断质问："为什么是我？"到现阶段能自适豁达地面对自己的病情，她显然已越过生命中干旱的沙漠，尝到了生命源泉的甘甜。

是不是没尝过茶般的苦涩，就无法体会美酒的醉人？难道我们就非得经过挫折和生活的历练，才能真正领悟出活着的意义？

我们周围有很多看似平淡无奇的人，背后其实都有着一个个发人深省的故事，待我们去观察发掘，并引以为借鉴。只要你放缓脚步，懂得在喧闹过后，于沉淀的平静中，换个角度看待周围的人和事，或许你就能从他人的生活经历中，咀嚼出生命的真味。

我要对你说

成功之路注定不会是坦途。遇到高山时，不妨绕个弯前行；遇到河流时不妨待其冰冻三尺再过，只是不要无为地静止或后退。路是自己走出来的，选择决定成败，请慎重选择你迈出的每一步。

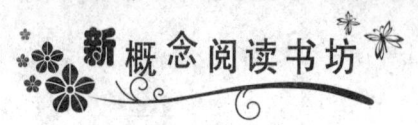

没有A,也没有B和C

飘

上初中时,写作于她而言,无非是天马行空的杜撰。洋洋洒洒一大篇,既不打草稿,也不作修改。笔下,华丽的语言,曲折的情节,唬倒众人。同学们刮目相看的眼神,令年少轻狂的她很受用。

A,B,C。她作文的等级从来都只是A。直到他的到来。一个在她眼中乳臭未干的师专毕业生——新上任的语文老师。

之前,她本是想卖弄一下自己的文采,在他面前惊艳一下。没想到那篇自认为倾心的"力作",最终出卖的却是她的尊严。作文本发到手里,没有A,也没有B和C。只有莫名其妙的六个字:土拨鼠哪去了?

轰动。她的作文本满世界横飞:嘻,土拨鼠哪去了?同学们的笑各怀鬼胎。土拨鼠哪去了?她晕得有点找不见北。

作文讲评课上,他给同学们讲了一个故事。

三只猎狗追一只土拨鼠。土拨鼠钻入了树洞,而树洞只有一个出口。不久,树洞里却钻出了一只兔子。兔子向前逃跑并爬上一棵大树,仓皇中兔子从树上掉下来,砸晕了地面上仰头看的三条猎狗,兔子逃脱了。

故事讲完后,他问大家:这个故事有什么问题吗?

学生甲:兔子不会爬树。

学生乙:一只兔子不可能同时砸到三条猎狗。

学生丙:狗都砸晕了,兔子能不晕?

还有呢?他继续问。

他点了她的名字。她却回答不上来,众目睽睽下,她满脸通红。

土拨鼠哪去了？他问她。

土拨鼠哪去了？他又问大家。班里的轰笑声顷刻变得安静。

是啊，她作文中的那只"土拨鼠"哪去了？一直以来，她引以为荣的编造出的作文情节，无非如他的故事中冒出的兔子，喧宾夺主；而她就像那三条猎狗，舍本逐末，任由兔子将自己引向了跑题的岔路。她真正追寻的目标——土拨鼠，早已与她渐行渐远。

她的作文如同他的故事：看似热闹非凡，却漏洞百出。她知道土拨鼠哪去了。她相信自己能找回来。只是以后，同学们都管她叫土拨鼠。她曾经那样骄傲的光阴，竟被打上了土拨鼠的灰暗印记。印记有些丑，亦或于那颗年少敏感的心还略微地痛。只是她深深清楚那枚土拨鼠印记的分量：那是一个标记，确切而言是路标，标立在她未来的每一个岔路口。不仅仅于写作。

毕业前，她写了最后一篇作文。不再杜撰。以手写心。作文本发到手里，没有 A，也没有 B 和 C。却是一句更为莫名其妙的话：如果不是抄的，就好了！

触目惊心。她却没有晕。有些东西，不需要解释。无论在她，还是他。

　　十多年过去了。不论是写作之路,还是人生之路,不论走多远,她总能清楚地记着自己为何而出发,也不曾迷过路。直到今天,她仍然在时刻提醒自己:土拨鼠哪去了?

　　一次,她从杂志上读到了他写的文章。有一段话这样写:"我给学生文章的最高评价是——如果不是抄的,就好了。因为他(她)的写作水平,已远远超过了他(她)自身应具有的能力。只是,我仅给一只土拨鼠写过。"那一刻,她第一次为荣耀之外的东西掩面而泣:没有A,也没有B和C,而她却得到更多。

　　当繁华落尽,浮出水面的是久未审视的内心。心灵就像一面镜子,如不常常拂拭就会落满尘埃,再也映不出本来的自己。老师给学生指明的,不仅是写作之路,更是人生之路。

文凭只看三个月

士 心

有一家大公司的总经理对前来应聘的大学毕业生说:"你的文凭代表你应有的文化程度,它的价值会体现在你的底薪上,但有效期只有三个月。要想在我这里干下去,就必须知道你该学些什么东西。如果不知道该学些什么新东西,你的文凭在我这里就会失效。"

企业招聘人才,文凭是敲门砖,进门之后,悟性才是开锁的钥匙和向上的阶梯。同是学士、硕士、博士,甚至是同校同届同专业,文凭虽相同,但"是骡子是马",拉出来一遛就见了分晓。同在一个部室,甚至同做一份相近的工作,悟性深浅、敬业与否,则是事业发展和进步的关键。

大学毕业生小方和小安同时被招聘到某公司运输部。小方按部就班,认认真真地完成经理交办的每项工作,没出什么差错,他自己也比较满意。但小安却并没有安于现状,在对客户的分析中,他发现京、津、冀、鲁等地的货物运输近期常有逾期现象,多是由于修路造成。于是,他通过电脑交通网络,对北京周边各交通干线的路况进行了一系列调查摸

底,并于每天列出一份动态的路况交通图送给经理参阅。就是这份动态的路况图,对公司的货物运输起了重要的疏导作用,不但有效缩短了运输时间,而且减少了因堵车、绕行而产生的运输费用,受到公司领导的重视和奖励。当然,三个月后,继续聘用的是善于用脑子干工作的小安。

知识的积累,不应是一种"死积累",这种积累多了,常常是为积累所累,让人感到"盛名之下,其实难副"。知识的积累,应当是"活"的,融会贯通、活学活用。这本身绝不是一个简单的对号入座就能解决的问题。善悟之人,就是善于把知识用"活"的人。常听有些人说某些学生是"高分低能",这类学生"死读"的精神虽可敬,但到了工作岗位上毫无优势可言。学富五车却无锦囊妙计,因而常常不受尊敬,四处碰壁。要想活学活用,就要学习一些思维的规律与方式,这叫"开窍"。庄子在《应帝王》篇中讲,要治混沌之人,必须开凿"七窍"。其实,开窍,无非是找到打开思路的钥匙,学一点认识论和辩证法。

古代老子开窍于朴素的唯物论,今朝导师伟人开窍于辩证法。作为一名想要事业有成的人,也只有循此捷径去开窍悟道,才能让你的文凭货真价实,即使再过三个月也不会轻易失效。

学识固然重要,但能力更加不容忽视,把所学所得与实际工作结合起来才是最好的方法。因此,在平时的工作中应注意培养自己的悟性,勤于思考,多想多做,从而提高自己的能力。

哈利的文字生涯

托马斯·沃特曼

哈利是一名海军军官,在海军服役了15年之后,他离开了部队,想成为一名作家。

已届中年的哈利感到前途迷茫。他和朋友杰克在纽约郊区租了一间地下室,当时经济并不景气,哈利卖了自己的全部家当,仅够买一台打字机。

一年时间过去了,哈利的稿子被退了回来。仅靠杰克的薪水,很难维持两个人的生活。哈利开始每天只吃一个面包,继续写作。

杰克对哈利说:"老兄,别再搞你那些无用的玩意儿了,它们根本不能换来面包或是香烟。"哈利的父母也写信来,希望哈利能停止那劳心费神又挣不来一个子儿的写文章生活,干点儿别的挣一些钱贴补家用。

哈利抱着一大堆退稿信,又读着家里人的信,忍不住哭了。他在海军服役的15年里,虽然很苦,可也没有中断过写日记,记录自己认为有用的东西。而今,这些全都变成了一钱不值的废物,三十几岁的人了,不仅不能挣钱养家,还要靠朋友的接济度日,再这样下去真是太窝囊了。

突然有一天,服役时的一个战友詹姆斯给哈利打来电话,此时他住在洛杉矶。他在服役的时候曾经拿哈利的日记开过玩笑。

"嗨,哈利,你的大作什么时候能够卖出去,好还你当年欠我的100美元?"

哈利的心隐隐作痛,"兄弟,别拿我开玩笑了,我现在真的是一贫如洗。"詹姆斯说:"得了,趁早别写那些鬼东西了,我们这里缺一个餐厅领班,一般来说,一年能挣5000美元,怎么样,老兄?考虑一下,

如果你愿意，下周就过来上班，这可是个人人眼馋的缺儿啊！"

"一年5000美元，我不仅可以还清欠债，还能寄一半给家里，再租一间体面点儿的房子，兴许还能存点钱。拿到钱后，我一定要请杰克去吃一顿，这些年，我欠他太多了……"

就在哈利满心欢喜地盘算着如何花掉5000美元的时候，他忽然想到，他的目标是成为一个专业作家，而不是餐厅领班。

"不，詹姆斯，我想我还是不去了，谢谢你的好意，我还是想写我的鬼东西。"

放下电话，哈利的心情复杂极了，唾手可得的大好机会就此放弃，而口袋里的10美分都不够吃上一顿饭的啊。"哈利，这就是你拼命想完成的无用的鬼东西。"但哈利坚信总有一天那些看似无用的东西能改变他的命运。

后来，当人们厌倦了惺惺作态和玩世不恭的文字之后，哈利那些描写冒险、海军生活、战争的作品开始被编辑们看好。终于，在哈利潜心写作16年之后，也就是他离开部队10年之后，他的第一本书出版了。这部描写海军生活的小说被改编成电影，并被译成多国文字发行。从那以后，哈利一举成名，他的稿约不断，他也搬进了豪华别墅，开始用他的笔谋生。

梦想不是空洞的言语，也不是玩世不恭的处世态度，而是为理想而奋斗的坚定信念，亦是一种矢志不渝的追求。正是有了它，人生的价值才得以彰显，生命的意义才得以体现。

第二章 Chapter 2

人类需要梦想者

人类需要梦想者,这种人醉心于一种事业的大公无私的发展,因而不能注意自身的物质利益。

图德拉迂回经营

杜 芝

委内瑞拉有个名叫图德拉的工程师,他想做石油生意,虽然一无关系,二无资金,但他信息灵通,思路敏捷,行动果断,这就使他掌控了"命运之舟",有了迂回前进,驶向目的地的可能。

图德拉先来到阿根廷。了解到那里牛肉生产过剩,但石油制品比较紧缺的问题后,他便同有关贸易公司洽谈业务。

"我愿意购买 2000 万美元的牛肉。"图德拉说,"条件是你们得从我这儿购进 2000 万美元的丁烷。"

因为图德拉知道阿根廷正需要 2000 万美元的丁烷,所以正是投其所好,双方的买卖意向很顺利地确定下来。

他接着又来到西班牙,对一个造船厂提出:"我愿意向贵厂订购一艘 2000 万美元的超级油轮。"

那家造船厂正为没有人订货而发愁,当然非常欢迎。图德拉又话头一转:"条件是你们得购买我 2000 万美元的阿根廷牛肉。"

牛肉是西班牙居民的日常消费品,况且阿根廷正是世界牛肉的主要供应基地,造船厂何乐而不为呢?双方又签订了一项买卖意向书。

图德拉又到中东地区找到一家石油公司提出:"我愿购买 2000 万美元的丁烷。"

石油公司见有大笔生意可做,当然非常愿意。图德拉又话锋一转:"条件是你们的石油必须包租我在西班牙建造的超级油轮运输。"在产地,石油价格是比较低廉的,贵就贵在运输费上,难也就难在找不到运输工具,所以石油公司也满口答应,彼此又签订了一份意向书。

三个意向书变成了一个行动,由于图德拉的周旋,阿根廷、西班牙、中东国家都取得了自己需要的东西,又出售了自己急待销售的产品,图德拉也从中获取了巨额利润。细细算起来,这项利润实质上是以运输费顶替了油轮的造价,三笔生意全部完成后,这艘油轮就归他所有,有了油轮就可以大做石油生意,最终使他如愿以偿。

我要对你说

图德拉没有经营生意的财力物力,却有足够精明的头脑。成功的方式有很多种,只是有待于你去发现一种最适合自己的方式。多动动脑筋,也许你就是下一个图德拉。

总有办法参会

巴甫 译

当我感到困难，我怀疑自己的力量而心情沮丧得痛哭流涕，但生活却要求我迅速做出决定，由于意志薄弱，我却做不出这种决定的时候，我便想起一个旧的故事，这是许久以前我在巴库听一位40年前被流放过的人说的。

这故事对我的影响很大，它能鼓舞我的精神、坚定我的意志，使我把这短短的故事当成我的护身符和咒文，当成每个人都有的那种内心的誓言。

故事所说的事情发生在40年前的西伯利亚，在一次各党派流放者秘密举行的联席会议上。做报告的人从邻村来参加会议。这是一个年轻的革命家，名气很大，也很特殊，并且是一位前程远大的人。

大家等了很久，他还是没有来。

当时的情况是不允许把会议延期的。而那些跟他属于不同政党的人却主张他不来也要开会，他们说，这样的天气他肯定是来不了的。

这一年的春天来得很早，山坡上的积雪被太阳晒化了，他要想乘狗拉的雪橇到这是办不到的；河里的冰层也薄了，有些地方已经浮动起来了，他滑雪来是很危险的——要驾船逆流而上也还太早；因为冰块会把船挤碎，即使是最强壮的渔夫也抵不住冰块的冲击力。

然而赞成等候的人并没有妥协。他们对于那个要来的人是一向深知的。"他会来的，"他们坚持说，"因为他说过'我要来'——那他就一定会来！"

"环境比我们更有力量啊！"前一种人急躁地说。大家争论起来了。忽然窗外人声嘈杂，在木屋跟前玩耍的孩子们也兴奋起来，狗叫着，焦急不安的渔夫们立刻向河边奔去。

流放者们也从屋子里走出来。他们眼前出现了一个令人惊奇的场面。

有一只小船绕着弯慢慢地冲着碎冰逆流而上。船头站着一个瘦削的人，穿着毛皮短外衣，戴着毛皮耳帽，嘴里衔着烟斗，不慌不忙地用杆子推开流向船头的冰块。

这小船既没有帆，又没有其他动力设备，怎么会逆流行驶呢？但当人们走近河边的时候，大家才吃了一惊，原来是几只狗在岸上拖着船前进。

在这里，这样的事谁都没有试过，渔夫们惊奇得直摇头。其中一位年长的人说："我们的祖先和父亲在这儿住了多少代，可是谁也没敢这样做过。"

戴耳帽的人走上岸来的时候，说："同志们，请原谅我不得已迟到了。这个对我是一种新的交通工具，有点不好掌握时间。"

我要对你说

生活中难免出现一个又一个难题，是抱怨放弃，自怨自艾地慨叹，还是转换思维，另辟蹊径以求成功？相信在你的心中一定会有自己的选择。别忘了"条条大路通罗马"，关键是要认准目标，勇往直前。

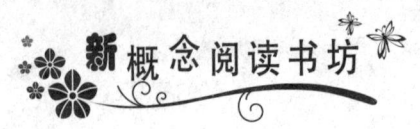

亡羊补牢

马瑞林·曼宁

几年前,我参加了一个人际关系方面的课程,其间有过一次独特的经历。老师要求我们列出过去自己曾感羞愧、负疚、缺憾和悔恨的事情。一周后他请大家大声宣读自己所列的清单。这看起来有涉隐私,但总有勇敢之人自告奋勇。听了别人的陈述,我的清单愈发长起来,三周之后竟达101条之多。之后老师建议我们想办法弥补缺憾,向别人真诚道歉,采取行动来纠正自己的过失。我对此举是否能够改善我的人际关系深表怀疑,相反却认为这只能使彼此更加疏远。

一周后,我身旁的一位老兄举手发言,讲了如下这个故事:

他在列举清单时,想起高中时发生的一件事情。他在衣阿华州的一个小镇长大,镇上有个孩子们都讨厌的官员。有天晚上,他和两个伙伴决定要捉弄这个叫布朗的官员一番。喝了几瓶啤酒后,他找到一罐红颜料,爬到镇子中央高高的水塔之上,在上面用鲜红的颜料写下:"布朗是个狗娘养的。"第二天,镇上的人们起来后都看到了他们的"大作"。两小时后,布朗把他们三个人弄到办公室。他的伙伴们承认了错误,而他却撒谎抵赖、蒙混过关。

这事都快过去20年了。那天布朗的名字出现在他的清单上。他不知道布朗是否仍在人世。上个周末,他向衣阿华州的家乡打电话查问,果然有个叫罗杰·布朗的先生。于是他给罗杰·布朗打电话。铃声响了几下后,他听到:

"喂,你好。"他问:"你就是那个叫布朗的官员?"那边沉默了一下说:"是的。""那好,我是吉米·考金斯,我想告诉你那事我也有份。"又是沉默。"我早就知道。"罗杰·布朗嚷道。他们于是大笑,相谈得很愉快。罗杰·布朗最后说:"吉米,我一直为你感到不安,因为你的伙伴们都已摘掉了心病,而你这么多年却一直挂在心上。我应该感谢你打来电话……这是为你着想。"

吉米鼓励我化解我清单上的101条。这费了我两年的时间,但这却成了我以后从事矛盾调解工作的起点和动力。不论冲突纠纷多么严重,我一直记着摒弃前嫌,化解宿怨,亡羊补牢,为时未晚。

我要对你说

如果意识到自己犯了错误,就要及时改正,不要在悔恨和不安中浪费我们的生命,这样才能活得更有意义。勇于承认当年的错误,无异于给了心灵一次升华的机会。要知道,没有永远的仇恨,只有永远的爱……

卡瑞尔的万灵公式

卡耐基

　　卡瑞尔先生到密苏里州去安装一架瓦斯清洁机。经过一番努力，机器勉强可以使用了，然而，远远没有达到公司保证的质量。他对自己的失败感到十分懊恼，简直无法入睡。后来，他意识到烦恼不能解决问题，于是想出一个不用烦恼就能解决问题的方法。

　　第一步，找出可能发生的最坏情况是什么——充其量不过是丢掉差事，也可能老板会把整个机器拆掉，使投下的两万块钱泡汤。

　　第二步，让自己能够接受这个最坏情况。他对自己说，我也许会因此丢掉差事，那我可以另找一份工作，至于我的老板，他们也知道这是一种新方法的试验，可以把两万块钱算在研究费用上。

　　第三步，有了能够接受最坏的情况的思想准备后，就平静地把时间和精力用来试着改善那种最坏的情况。

　　他做了几次试验，终于发现，如果再多花5000块钱，加装一些设备，问题就可以解决了。结果公司不但没有损失两万块钱，反而赚了1500块钱。

　　因为常常烦恼，艾尔·汉里得了胃溃疡。一天晚上，他因胃出血被送进医院。医生坦率地告诉他已经无药可救了。

　　这样过了几个月。最后，他对自己说："汉里，如果你除了等死以外再也没有别的指望了，还不如好好利用一下剩余的时间呢。你不是一直想环游世界吗？只有现在去做了。"

　　汉里甚至买了一具棺材，和轮船公司讲好，万一他死了，就把他的尸体放进冷冻舱里。

他从洛杉矶上了亚当斯总统号船,开始向东方航行了。真奇怪,他居然觉得好多了!渐渐地,他不再吃药和洗胃。不久之后,他任何东西都能吃了,甚至可以抽长长的黑雪茄、喝几杯酒,多年来没有这样享受过了。

汉里在船上和人们玩游戏、唱歌、交新朋友,晚上聊到半夜,他的生活充满了欢乐。回到美国之后,他的体重增加了40千克,几乎完全忘记了以前的烦恼和病痛。艾尔·汉里在下意识里应用了威利·卡瑞尔征服忧虑的诀窍。

首先,他问自己,可能发生的最坏情况是什么?答案是:死亡。第二,他让自己接受死亡。第三,想办法改善这种情况。

所以,如果你有了烦恼,你应该用威利·卡瑞尔的万灵公式,按照以下三点去做:

一、问你自己,可能发生的最坏情况是什么?

二、接受这个最坏的情况。

三、镇定地想办法改善最坏的情况。

生活中难免会遇到挫折,与其灰心丧气选择放弃,不如转变一下处事方法、思维模式,振奋精神重新再来。在奋斗的过程中,你会体验到生活的美好与人生的璀璨。

神圣之美

赵 恺

去年秋天，到黄河故道一侧的柳树湾散步，在那里邂逅了一个小姑娘，小得仿佛森林里的蝴蝶。当时她在做饭，肃穆甚至庄严。没敢惊动她，我在她近处树桩上静坐下来。她挖了一个小坑作为炉灶，铺起一排树枝作为炉底，在炉底上置放一只蚌壳作为铁锅。筹措停当，孩子抬眼发现了我。不意外、不惊讶、不惶恐，而是认真友善地问我：想吃点什么吗？因为语境的变化，一句原本十分寻常的话倒让我意外、惊讶、惶恐起来。我认真友善地回答：倒是真饿了，可是你能做点什么呢？万万没有想到，孩子脱口而出的竟然是"比萨饼"！接着，她揉和湿泥作面团，采摘叶片作菜蔬，撒上一点沙粒当盐，撒上一点沙粒当胡椒，而且做出羊肉的、青菜的、萝卜的四五个品种来。仔细烘烤，耐心翻转，直至焦酥黄透，再一块块放到翠绿圆润的荷叶上端到我的面前。片刻她问：好吃吗？我说：真好吃。她问：你吃过比萨饼吗？我说：吃过。随之无心反问：你吃过吗？她说：没有，我没有吃过真正的比萨饼。

我一听，眼睛顿时湿润了——孩子不

知道，我吃比萨饼不仅是在罗马，而且是在比萨饼的故乡那不勒斯呀。可是，就在我从孩子手中接过她亲手制作的比萨饼开始，世上还有什么诸如与柳树湾的神圣之美相类乃至相近的存在呢？孩子叫江雨，在幼儿园读中班。她的家，就在柳树湾的边上。我一直想买一块比萨饼作为报答，但一直没敢买：因为那是亵渎。

我要对你说

"直指人心，见性成佛"，僧人只有从心从本性出发才能找到佛道。而被凡尘琐事纠缠不休的人们也只有扫净心头的蒙尘，重新拾起那颗纤尘不染、不事雕琢的童心，才能知晓生命的真谛。

生命中的种种误解

阿 忆

关于孤独

在生活中,人们乐于将一些情感、经历、精神进行分类,把其中的一类归于生命的运气,并为拥有它感到快乐;而另一类则被当作不幸,引以为深深的恐惧。但是,我的孩子们,我要告诫你们的却是,人们的许多看法是错误的,其中最突出的一例,便是对孤独的误解。

多数人会把孤独视为生命的苦境,但是我要问你们,你们知道的哪一位天才人物不是孤独的呢?

人在小的时候,会因为孤独无依而害怕,认为那是一种残酷的惩罚。也许,这就是长大以后,人们总是把孤独状态归为不幸的原因。但是,你们想到过吗?由于亲友离去而意识到自己是孤单地存在着,对比别人的方式而感到自己不同于他们,这不正是你们个体意识茁壮成长的标记吗?在你们投入芸芸众生之中的时候,能意识到自己是独立的人,具有与众不同的风格,这是多么难能可贵的素质!

一位小朋友打电话给我,说他很孤独。可我知道他是一个才华横溢的中学生,他有良好的成绩和超强的活动能力,他有着许多朋友和追慕者。但他重复着:"我不寂寞,但我很孤独。"

这是一个很好的例子,它说明孤独未必非与弱小无助相联系。事实上,孤独感是一种贵族化的情绪,不是庸庸碌碌的人所能拥有的。它是上天的福赐,是一种幸运。如果总是感到自己与别人的距离,特别是当你处在距离的前端,由此无人能与你进行直达内心世界的攀谈时,毫无疑问,你会孤独,但你却是优秀的。

大凡历史上的发明家、革命性的政治家,还有开拓性的实业家,都是内心深处的孤独者。他们在孩提时代便有深深的孤独感,并且一直在孤独中思索着、创造着、生活着,直到死去。

其中艺术家是孤独感最明显的受益者。他们把孤独展现出来的同时,也就把个人的独特展现了出来。由于他们孤独,也由于他们孤独地写出了孤独,他们成为世人瞩目的天才。海明威曾对世人说——写作是孤独的事业,不是那些习惯了稠人广众的人们所能操持的。因为作品成功而渐渐高朋满坐的作家总是被淘汰出局。原因很简单:他,失去了孤独感。

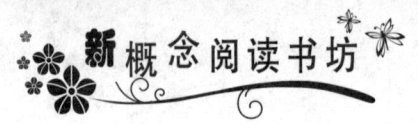

关于学识

我在北大读三年级时,结识了一位新生。他给我留下的最深刻的印象是谦和,他总是钻进我的蚊帐,或是在水房里拉住我,探讨各种各样的学术问题。在那个才子云集、互不相让的学府里,不耻下问的恐怕只有他了,所以几年之后,他成了学问家。他就是在全国高校中享有盛名的诗人——戈麦。

我一直不能相信的是,他在1992年冬自杀身亡了。这使我开始相信,学识并不像人们认为的那样充满乐趣,也不像"培根"所断言的"知识就是力量"。人们在学识中所能感受到的欢乐是少于痛苦的。在一定程度上,学识的确应该归入人生的不幸之中,否则为什么学府的档次越高,忧郁者、嫉愤者、颓废者越多于安详者,为什么自杀率和精神患病率也越高呢?

假如戈麦是个白丁,他一定不会在屡屡失恋的时候,让萦绕在脑际的悲剧意识抓住他而形成死念,使他因为生命中一座桥梁的断裂,得出整个世界毫无意义的结论。

记住,孩子们,现存的学识体系是有偏差的,特别是中国的知识网络中,快乐的成分太少,而机械的和挖掘悲苦的成分却很多。如果一个人的身心被它占据,他不是变成一架机器,就是变得像油炸排饼一样脆弱。一旦背弃了它,特别是背弃了其中死气沉沉的公式,背弃了沉溺于悲苦之中的愁绪,你们便会很快快乐起来。

你们会经常发现,那些肚腹空空的百姓是世界上最快乐的人。这个原因,你们长大后便会知道,这无非是因为他们远离学识。准确地说,是远离学识中那些悲苦而无用的东西。

关于苦难

生命中另一个大大的误解,是关于苦难的观念。大人们喜欢背起手告诉他们的孩子，说他们那个时代是苦难的。这是个疏忽，其实每一代人都会有各自的苦难，只不过不同时代的苦难各不相同罢了。

上代人认为拾煤渣是一种苦难，而复习功课是幸福的；但下一代人却觉得，如果能不被考试所累，宁愿去拾煤渣。这说明苦难有它的时代性，在这个时代是苦难的东西，下个时代却变成了游戏。这就是大人们费尽心机搞忆苦思甜活动，反而使孩子们在窝窝头和楂子粥中大尝了甜头的原因。在小孩子眼里，窝窝头和玉米面是新鲜而刺激的。

这也是所谓"苦难教育"的弊端所在。大人们总是觉得小孩子生在蜜罐里，没有什么苦楚，因而强迫他们体尝自己儿时的苦难，但在孩子眼里，那些倒不是什么苦难。这正如，假如小孩子能强迫大人们体尝学习的重压，而大人们也不会从中尝到苦头一样。重温童年，弥补学识的不足，对于大人恰是一个美梦。

可见，上个时代的苦难，放在下个时代不一定是不幸；下个时代的幸福放在上个时代，也不一定意味着好运。每个时代的人们都在体尝着各自时代的苦难，实在没必要用自己时代的苦难去磨砺别人。

孩子们，让你们懂得这个道理的目的是，希望你们成为下一代人的父母时，不要武断地认为有人在享受你们的清福。你们把生命交给他们，无形中是把幸福和苦难同时交给了他们。只是他们的苦难与你们有很大的不同，是你们没有察觉，也不愿承认的。作为父母，你们没有理由，也没有必要让他

们遭受你们所经历过的痛苦,因为他们有他们的苦楚。

人们对其他时代的苦难,只需要知道,不需要重复。苦难既不是生命的运气,也不是生命的不幸,它只是一个事实。人们的任务仅仅是在体尝自己的那一份,并在斗争和忍耐中消除它。

如果你们错误地实施所谓"苦难教育",其结局不是给下一代人增加了双重的——你们和他们自己的——苦难,便是给他们的游戏中添加了一出喜剧。

我要对你说

生活中充满哲理,但属于自己的真理却要靠不断的历练得出。生活不会怜悯你的不幸,相反,它会嘲笑你的无知。所以请不要曲解生活的真意,悲欢离合都是人成长所必须经历的,勇敢地面对困难,一切问题都会迎刃而解。

电话里的单口相声

姜钦峰

在1984年第二届春节联欢晚会上,马季表演的单口相声《一个推销员》成为经典,这个段子对虚假广告予以辛辣的讽刺,切中时弊,幽默诙谐,令人捧腹。

当晚会直播结束时,所有人都松了口气,心情激动地互相拥抱在一起。台里订好了夜宵,大家卸完了妆,都上了门前的大客车,准备去饭店庆功,临出发前,清点人数,唯独少了马季。导演黄一鹤又进去找人,发现马季还在里面打电话,正对着话筒说相声,很投入的样子,不像是跟人开玩笑。黄一鹤看得一头雾水,实在弄不明白,他唱的究竟是哪一出?

原来,那是设在春晚现场的观众热线电话。因为马季身兼主持人,最后一个卸妆,当他卸完妆,正往外走时,正好听到电话铃响了。此时晚会已经结束,接听电话的工作人员也已离开,大过年的,马季不忍让人家失望,便"多管闲事"接了电话。他拿起话筒,刚"喂"了一声,对方马上听出是马季的声音,"请问是马季老师吗?可找到您了!我是首钢的

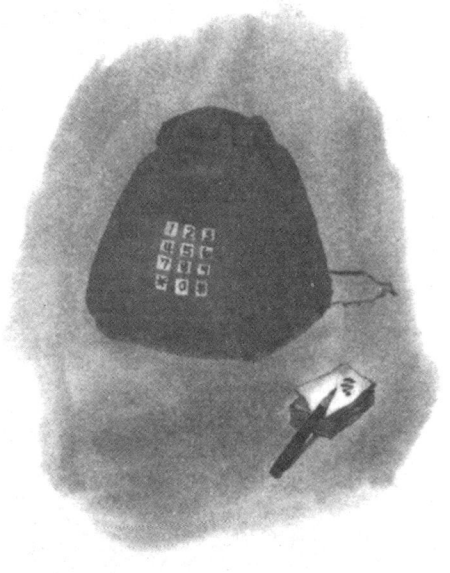

工人，刚听同事说，您表演的那个宇宙牌香烟的相声太精彩了，可惜我刚才在高炉的岗位上值班，没听到。哎呀，这可怎么办啊？"兴奋中透出无限惋惜，马季说："这个好办啊，我现在给您补上，不就成了吗……"于是，出现了黄一鹤撞见的那一幕。

这个电话，马季接了十几分钟。那时马季已年过五旬，身体肥胖，健康状况也不是太好，他既主持又表演，上下穿梭，忙前忙后，一台晚会下来，早已累得汗流浃背，筋疲力尽。为了满足一个陌生观众的愿望，他又强打精神，对着话筒重新表演了一段相声。

如今大师驾鹤西去！时隔二十几年，当黄一鹤导演回忆起这段往事时，依然忍不住泪湿青衫。

听过一句话：一个人一时的成功，可能取决于聪明才智，但一生的成功，一定是做人的成功。或许，这就是普通演员与大师的区别吧。马季是当之无愧的一代相声宗师，薪尽火传，大师留给我们的笑声，还有他的人格魅力，永远是最宝贵的财富。

大师就是一面镜子，我们不妨都对着照一照，自己得到了什么，又失去了什么？

相声大师马季的平易近人实在让人敬佩。为了满足一个陌生观众的愿望，他在大年夜一个人讲着单口相声，这让多少势利名人汗颜。大师的品格令人敬佩、令人深思……

缓杖的秘密

王 飙

曹彬在宋初曾官至宰相。当初,他在任徐州知州的时候,手下有一个年轻的小吏因办事疏忽而导致工作失误,按规定要处以杖刑,可在处理小吏的时候,他却在处理文书上写下"缓杖"二字。

大家都知道曹彬从来就是执法如山,还以为他这次要法外施恩呢,也就没有在意。可过了几个月,在大家都早已将这件事忘了的时候,曹彬却对手下的人说:"某吏的失职之事,其杖刑可以执行了。"打完板子之后,手下人都感到莫名其妙,有人实在忍不住心中的困惑,就问道:"某吏失职是在数月前,为什么其杖刑却等到现在才执行呢?"曹彬叹了口气说:"那时,我曾偶尔听到有人说他刚娶妻才两天,如果对他处以杖刑,那么他的家人一定会说是新娘带来的晦气,并会进一步说她妨夫,那么其公婆姑舅就会不再尊重这个'丧门星',甚至辱骂或殴打她,这样她在这个家里还能活下去吗?这样的事也不是没有发生过啊!所以,为了防止这样的事发生,我故意把杖刑给推迟了,虽然晚杖了几个月,但我并没有枉法啊!"人们听了回答,无不对曹彬深怀的善良和恻隐之心深表叹服……

办事富有人情味,可以说是贯穿于曹彬一生的处世原则。

周世宗显德五年,曹彬奉命出使吴越。吴越人知道周世宗早晚有一天要统一天下,由于曹彬在后周王朝的地位很高,许多达官贵人都偷偷来给他送重礼,希望日后能给自己留条后路。然而,曹彬都一一谢绝了。办完了公事,乘船回去的路上,吴越王钱谬派人乘轻舟为曹彬送上重礼,吴越王显然也是为了让曹彬回去后多为自己美言几句,但他一连

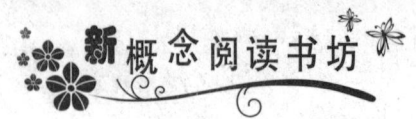

送了三次都被曹彬所拒绝,到了第四次的时候,曹彬却吩咐手下收下,并叹道:"我曹彬虽非贪财之人,但却不是无情之人啊!吴越王如此再三地送礼,正是想有求于我,我若再不收下,让一个国王的脸面往哪里放啊。何况我要是再拒绝下去,一定也会有人说我是为了贪图名声啊!"回到朝廷,曹彬复命后,立即就把吴越王送的金银财宝献到大堂之上。周世宗了解曹彬的为人,知道他是不得已而为之,就强令他收下礼物。曹彬不敢抗旨,只得谢恩。曹彬把礼物带回家后分给了手下的人,自己竟不留一文。

　　陈桥驿兵变,赵匡胤黄袍加身做了皇帝。一日,赵匡胤对曹彬说:"我当初做点检的时候,就非常欣赏你,有心想与你交朋友,可你为什么总是故意疏远我呢?"曹彬答道:"我作为周室的近亲,又在朝内任职,恭敬守职,总担心会有什么过失,哪里还敢有妄自结交的念头呢?"从此以后,宋太祖更加器重他。乾德七年,赵匡胤为了统一天下,命曹彬率大军消灭最后一个国家——南唐王朝。大军所到之处,所向披靡,至开宝八年春,曹彬的大军已围于金陵城下。长围中,曹彬总是故意缓攻之,一再寄书李煜:"事势如此,金陵城已指日可下,所不忍心的是一城百姓也惨遭涂炭,愿你能以全城的百姓为念,早日归命于天朝,这才是上策啊!"然而,李煜是个没有主见的人,群臣又意见不一,总不能决断。至年底,攻城愈急,城将破之时,曹彬突然称病不问事,众将不知如何是好,都来看望。曹彬说:"我的病不是药石所能治愈的啊!除非诸公愿诚心自誓,破城之日,不妄杀一人,我的病自然也就好了。"诸将明白曹彬的良苦用心,便焚香为誓。两日后城破,大军直捣李煜的皇宫,李煜率百官投降。诸将严格约束手下的兵众,全军畏服,竟无一人敢妄自轻慢放肆……

曹彬一生为官，位极人臣，但他却清廉公正，执法如山。更重要的是他有一颗非常善良的心，从他在执法中考虑一个素不相识的女人的命运，到城破之日仍担忧一城百姓的性命，特别是作为一名军人，这种品格是多么的难得啊！做人做到这一步，其境界和修养，确实已经达到了臻美的极致啊！

在今天的现实中，有人总是认为善良的人会吃亏，其实这是一种对善良的误解，善良并不是懦弱无能。曹彬缓杖，体现了他的善良，但并未枉法；城将破时，为一城百姓的安危，他称病让诸将立誓不妄杀一人，但并未影响宋太祖统一天下的大业……但是，我们却从他的身上看到了：善良，是开放在我们心灵沃野里的一朵至纯至美的花，是我们的道德修养之树上成熟的一颗最甜美的果实。为官者若有一颗善良的心，就能得到人们的一致拥戴和称赞，仕途也往往会有更多的机遇；经商者有一颗善良的心，其客户就会纷至沓来，生意蒸蒸日上；就是一般的平民百姓有了一颗善良的心，也会像烈日下的一片绿荫，赢得人们的景仰和敬重。

我要对你说

执法者心系子民，百姓就会因此而得到庇护；为官者道德高尚，政治就会清正修明；为将者心存善念，生灵就会免遭涂炭。善良不会阻碍成功者的脚步，反而会让他们名垂青史、千古流芳。

内心的平安才是永远

段代洪

一位慈祥的古典文学教师,讲课的声音像早春的风一样回旋着,慢条斯理,从从容容。学生们常常会心一笑,陶醉其间。听她的课,无疑是一种享受,享受文学艺术的无穷魅力,同时也享受她内心那一份难得的平安。然而,谁也不曾料到,这位在课堂上从容自若的教师,却与每一位老百姓一样,每天都得匆匆忙忙地赶公共汽车奔日子,每天都得料理永远纠结缠绕的琐事,每天都得面对新的烦恼和新的考验。课堂下教师的生活是繁乱的、动荡的、艰辛的,甚至有时是狼狈不堪的。但这一切并不影响她在走上讲台时的从容与宁静,因为她有一颗平安的内心。

生活是曲折的、多舛的,我们每一个人的际遇,都不是自己能够左右和完全把握的。那些挫折,那些困惑,那些烦恼,永远像影子一样伴随着我们的人生旅程。或许你以几分之差名落孙山;或许你苦恋多年的

女友离你而去;或许你最好的朋友竟背叛了你;或许你升职在望却遭人无端诬蔑和中伤;或许你被病魔缠身,不得不每日面对病室的苍白;或许你兢兢业业,埋头苦干,你的工作却得不到他人的承认;或许你的一片好心,却换来不屑和白眼……我们如大潮中的一叶扁舟,凄风与苦雨常常会猝不及防地暗袭。然而,所有的悲喜忧欢,都需要我们坚强地去面对,一一去化

解。歌中唱道：当明天成为昨天，昨天成为忘记的片断，内心的平安才是永远。

因此，怀有一颗平常心、平安心，我们才不至于迷失，才不会被生活的风雨击垮。我认识一位老人，他历经了苦难的童年、辛酸的少年、动荡的青年，又不幸遭遇了中年丧妻、老年丧子的厄运。如今，这位华发皓皓、满脸沧桑的老人，独自守着一个古旧的书馆，终日与清茗、古书、阳光为伴，生活得非常宁静和淡泊。老人祥和的笑颜告诉我们，他有着怎样一颗从容平安的内心。滚滚红尘中，已没有什么能让他困惑，让他烦恼，让他痛苦。

我们村有一媳妇，天生聋哑，腿不好，手也不灵，且长相奇丑。可她有一个活泼可爱的孩子。在那条古老的青石板长巷里，她总是小心地护着自己的孩子，尽管她未必有孩子走得平稳。常常，在街头那棵老黄桷树下，在灿烂的阳光里，她很沉醉很痴迷地逗着自己的孩子，那样的快乐和无忧。她的脸很脏，她的衣服很破，她的身体状况很不好，可她有儿子，有丈夫，有一颗平平常常的心，她很满足，很快乐。

与其把烦恼当作煎熬，不如当成一种享受。无论外界如何风云变幻，阴雨连绵，我们都应以一份平静的心态去面对生活。如此，我们的人生才会祥和、安宁，才更有意义。

拥有一颗平常心弥足珍贵，因为它能让你在纷纷扰扰的生活中不至于迷失自己，从而获得最纯真的快乐与幸福。要知道，那些迷失在欲望中的人们是无法体会"荣辱不惊，闲看庭前花开花落"的意境的。

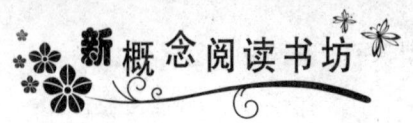

成功之箭

孙 丽

有个大学生,在国外三年里靠在一家宾馆帮助修剪草坪为生。这个大学生从小爱画画,他的梦想是将来当一名油画家,所以做这份工作非常不情愿。

可是渐渐地,这个大学生发现修剪草坪的工作并非那么枯燥,因为有一天他不小心铲坏了一块草皮,他就顺势把这块草坪修成了一幅草坪画,竟得到了大家的极力赞赏,薪酬也因此增加了一倍。

大学生开始喜欢修草坪这个工作了。后来,因为请他修草坪的客户太多,他一个人忙不过来,就雇了一些人帮忙。

再后来,大学生有了自己的小店。三年以后,他成立了自己的公

司，这是一家专门帮人设计修剪草坪画的公司。

如果当年这个大学生一味地专心油画而不去做其他工作，也许永远也不会有这样的机会，成功之箭没有射中他梦想中的油画这个靶心，却射中了草坪公司的靶心。

很多时候，成功之箭射中的都是另外的靶心。

条条大路通罗马。通往成功的路途并非只有一条，盲目固执地走下去，也许是死胡同。当我们抱怨时运不济、前路坎坷时，有没有想过打开另一扇窗，也许这边有更好的风景。坚持梦想固然值得推崇，然而换一条路，也许就是捷径。

人类需要梦想者

邓琮琮

居里夫人一生拥有过三克镭,她把第一克捐给科学,公众则把第二克和第三克回赠给了她。这三克镭展示了一个科学家伟大的人格,和由此唤起的公众对科学的理解。

1920年5月的一个早晨,一位叫麦隆内夫人的美国记者,几经周折终于在巴黎实验室见到了镭的发现者。

端庄典雅的主人与异常简陋的实验室,给这位美国记者留下了深刻印象。让她非常惊讶的是,居里夫人居然能够说出世界上每一零星镭的所在地。

麦隆内夫人问:"法国有多少呢?"

"我的实验室只有一克。"

"你只有一克镭吗?"

"我?呵,我一点也没有。这一克是属于我的实验室的。"

此时,镭问世已经18年,它当初的身价曾高达75万金法郎。美国女记者由此推断,提纯镭的专利技术,应该早已使眼前这位夫人富甲天下。

但事实上,居里夫妇早在18年前就放弃了他们的权利,并毫无保留地公布了镭的提纯方法。他们当时经济拮据,生活贫困,却不肯用自己历尽艰辛获得的科学成果谋得丝毫个人利益。居里夫人后来的解释异常平淡:"没有人应该因镭致富,它是属于全人类的。"

麦隆内夫人困惑不解地问:"难道这个世界上就没有你最想要的东西吗?"

"有，一克镭，以便我的研究，但是我买不起，它的价格太贵了。"

这出乎意料的回答，使麦隆内夫人既感惊撼又非常不平静。镭的提纯技术已使世界各地的商人腰缠万贯，而镭的发现者却困顿至此，以至无法进行研究！

她立即飞回美国，打听出一克镭在美国当时的市价是10万美元，便先找了10个女百万富翁，以为同是女人又有钱肯定会解囊相助，却碰了壁。这使麦隆内夫人意识到，这不仅仅是一次金钱的需求，而是一场呼唤公众理解科学、弘扬科学家品格的社会教育。她在全美妇女中奔走宣传，获得成功。

1921年5月20日，美国总统哈定将公众捐献的一克镭赠与居里夫人。居里夫人在仔细阅读完文件后说："美国赠给我的这一克镭，应该永远属于科学，希望你们立即请个律师，把它改赠给我的实验室。"

数年之后，当居里夫人为自己在祖国波兰华沙创设一个镭研究院治疗癌病的时候，美国民众再次为她捐赠了第二克镭。

一些人认为，居里夫人在对待镭的问题上固执得让人难以理解。既

然是为了科学研究,在专利书上签个字,不是要省事得多吗?

居里夫人在后来的自传中回答了这个问题:"……我的许多朋友坚持说,若是比埃尔·居里和我保留了我的权利,我们就可以得到必需的资金,来建立一个满意的镭研究院,而以前阻碍我们两个人,现在仍在阻碍我的种种困难都可以避免。他们所说的并非没有道理,但我仍然相信我们是对的。人类需要善于实践的人,他们能从工作中取得极大的收获,既不忘记大众的福利,又能保障自己的利益。但人类也需要梦想者,这种人醉心于一种事业的大公无私的发展,因而不能注意自身的物质利益。"

即使是为了科学,也不能将科学的成果据为己有。这是居里夫人向人类贡献镭的同时,贡献的另一种价值。

梦想因为坚持而可贵,然而居里夫人的梦想之所以不同,在于她所积极追求的是实现人类的梦想,这种超越了私利的梦想使她得到了全世界的尊重。她向全世界贡献了镭,也贡献了一种感动。

偶像的话

艾 青

在那著名的古庙里,站立着一尊高大的塑像,人在他的旁边,伸直了手还摸不到他的膝盖。很多年以来,他都使看见的人不由自主地肃然起敬,感到自己的渺小、卑微,因而渴望着能得到他的拯救。

这尊塑像站了几百年了,他觉得这是一种苦役,对于热望从他那里得到援助的芸芸众生,明知是无能为力的,因此他由于羞愧而厌烦,最后终于向那些膜拜者说话了:

"众生啊,你们做的是多么可笑的事!你们以自己为模型创造了我,把我加以扩大,想从我身上获得一种威力,借以镇压你们不安定的精神。而我却害怕你们。

"我敢相信:你们之所以要创造我,完全是因为你们缺乏自信——请看吧,我比你们能多些什么呢?而且我也有你们所具备的。

"你们假如更大胆些,把我捣碎了,从我的胸堂里是流不出一滴血来的。

"当然,我也知道,你们创造我也是一种大胆的行为,因为你们尝试着要我成为一个同谋者,让我和你们一起,欺骗那些更软弱的人。

"我已受够惩罚了,我站在这

儿已几百年，你们的祖先把我塑造起来，以后你们一代一代为我的周身贴上金叶，使我能通体发亮，但我却嫌恶我的地位，正如我嫌恶虚伪一样。

"请把我捣碎吧，要么能将我缩小到和你们一样大小，并且在我的身上赋予生命所必需的血液，假如真能做到，我是多么感激你们——但是这是做不到的呀。

"因此，我认为，真正能拯救你们的还是你们自己。而我的存在，只能说明你们的不幸。"

说完了最后的话，那尊塑像忽然像一座大山一样崩塌了。

我要对你说

因为我们缺乏自信，所以亲自树立了一个偶像，仿佛我们能从其身上获得力量。然而这虚构的偶像，也只不过是我们的另一个缩影，又能比我们多出些什么呢？一个能够主宰自己的人，根本不需要什么偶像。

一个帽店的招牌

徐向东

18世纪70年代初,北美13个殖民地的代表齐聚一堂,协商脱离英国而独立的大事,并推举富兰克林、杰弗逊和亚当斯等人负责起草一个文件。于是,执笔的具体工作,就历史性地落到了才华横溢的杰弗逊头上。

他年轻气盛,又文才过人,平素最不喜欢别人对他写的东西品头论足。他起草好《宣言》后,就把草案交给一个委员会审查通过。自己坐在会议室外,等待着回音。过了很久,也没听到结果,他等得有点儿不耐烦了,几次站起来又坐下去。老成持重的富兰克林就坐在他的旁边,唯恐这样下去会发生不愉快的事情,于是拍拍杰弗逊的肩,给他讲了一个故事。

他说:有一位年轻朋友是个帽店学徒,三年学徒期满后,决定自己办一个帽店。他觉得,有一个醒目的招牌非常有必要,于是自己设计了一个,上写:"约翰·汤普森帽店,制作和现金出售各式礼帽。"同时还画了一顶帽子附在下面。在做之前,他特意把草样拿给各位朋友看,请大家"提意见"。

第一个朋友看过后,就不客气地说:"帽店"一词和后面的"出售各式礼帽"语义重复,建议删去;第二位朋友则说:"制作"一词也可以省略,因为顾客并不关心帽子是谁制作的,只要质量好、式样称心,他们自然会买——于是,这个词也免了;第三位说:"现金"二字实在多余,因为本地市场一般习惯是现金交易,不时兴赊销,顾客买你的帽子,毫无疑问会当场付现金的;这样删了几次以后,草样上就只剩下

"约翰·汤普森出售各式礼帽"和那顶画的帽样了。

"出售各式礼帽?"最后一个朋友对剩下的词也不满意,"谁也不指望你白送给他,留那样的词有什么用?"他把"出售"划去了,提笔想了想,连"各式礼帽"也一并"斩"掉了。理由是"下面明明画了一顶帽子嘛"!

等帽店开张、招牌挂出来时,上面醒目地写着:"约翰·汤普森"几个大字,下面是一个新颖的礼帽图样。来往顾客,看到之后没有一个不称赞这个招牌做得好的。

听着这个故事,自负、焦躁的杰弗逊渐渐平静下来——他明白了老朋友的意思。结果,《宣言》草案经过众人的精心推敲、修改,更加完美,成了字字金石、万人传诵的不朽文献,对美国革命起了巨大的推动作用。关于起草者的这个故事,也因此而流传下来。

不要沉迷于自己的小聪明之中,而是多听听别人的见解,刚愎自负只会影响自己的心情,而集合众人的智慧往往会带来意想不到的成功。一则关于帽子店广告的小故事却促成了一篇伟大《宣言》的诞生!

不怕笑话的打工仔

方　明

　　有一个打工仔在深圳一家生产电暖气的公司做销售。月初，部门经理拿回了彩印的广告单，每份造价近7毛钱的广告单精致华美，但往众多的广告单中一丢就不显眼了。他想，在这个资讯几近爆炸的年代，这样一份面目普通而且雷同的广告究竟能引起顾客多大的关注，能有多高的送达率？

　　于是，他开始苦思冥想，参照国外一些品牌企业的广告经验，详详细细拟出一份新的广告设计，并找做设计的朋友利用休息时间将其制作出来。

　　他的设计是这样的，利用明信片的形式分作两步进行。9月份先给顾客寄第一张明信片，明信片上画一个电暖气，穿着泳衣、戴着太阳镜躺在沙滩椅上晒太阳，脸上笑嘻嘻的样子，嘴边勾出一条线，线的另一端系着一张纸片，纸片上写着：现在我在度假，盼下个月能与你相见。10月份再寄出第二张明信片，这回的明信片上，电暖气穿了羽绒衣戴了围巾，拎着公文箱，匆匆赶路的样子，旁边写着一句话：没有谁比我更能带给你温暖，我已整装待发，打电话给我吧。这句话末尾便是销售热线。

　　他把他的想法、创意、意图以及做出的明信片样品一并交给销售总监。

　　几天后，适逢销售部开业务扩大会，老总以及各部门负责人一同出席参加。会上，销售总监拿出了他设想的明信片让大家传看，很快会议室里便爆发出一阵笑声，他红着脸忐忑不安地将他的想法叙述一遍，他知道在座的不少都是极有销售经验的元老级人士，也知道他们的笑声中

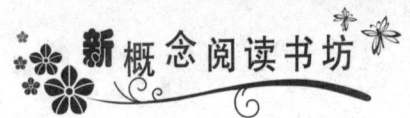

包含赞同的可能性极少,但他想做最后的努力,哪怕这种争取是无效的。

就在这时,老总拿着传到手中的两张明信片站起来,走到他座位旁,真诚而庄严地向他致谢,说:"谢谢你,作为一个新员工,你想到了许多老员工连想都没想过的事情,这一点非常难能可贵。另外,你动用个人的关系为公司做事,这一点也让我感动。你的设想很好,深圳鼓励创意,在深圳有人笑被视为成功,如果没人笑,说明你的设想做得太保守了。想一下飞机的发明,当时人们一听说造一个会飞的机器,反应肯定是哄堂大笑。"

沮丧的心因这几句话而一下子变得海阔天空。

那次的会议上,他设想的明信片被确定了下来,换掉了以往的彩印广告单,并且经过大家集思广益,又做了不少改进。

这个冬天,该公司的销售业绩好过往年。

年底的总结会上,因为这份广告创意他得到了一万元的奖励,而他从心里觉得自己得到的真正奖励不是钱,而是那句获益终生的鼓励——有人笑被视为成功。

既然已经明确自己前进的方向,就不要去理会沿途聒噪的麻雀。换个角度来看,被人笑话也是一种鼓励,被人指责也是一种肯定,总好过无动于衷。谁能在最初就一步成功,也许他们听过更多的嘲笑声。

推销员的态度必须积极

曹化侠

20岁的时候,斯通搬到芝加哥,开了一家保险经纪社——"联合登记保险公司"。不久,他就雇用了一千多人。每州都设有一名推销总管,领导推销员,他自己管理各地总管。后来又在芝加哥设总部,总部之下的几个副职帮助斯通主管全盘。

但那时候,整个美国笼罩在经济大恐慌之中。有一阵子,斯通好像也要走上末路:大家都没有钱买健康保险和意外保险,真有钱的人又宁愿把钱存下来以防万一。这一段艰难时光给斯通添加了几条如何对付困难的座右铭:"如果你以坚决的、乐观的态度面对艰难,你反而能从中找到益处。""销售是否成功,决定于推销员,而不是顾客。"

为了证明他说的不是空洞的口号,他走出办公室,直往纽约州去推销了。在经济大恐慌最严重的时期,他每天成交的份数,竟与以前鼎盛时期

相同。

但是由于他在20年代那几个繁荣的年头几乎什么都可以推销出去，因此他对推销方式和态度，没有给予太多的注意，而现在受到了真正的考验，结果是推销员出问题。于是斯通开始了他推销讲座的第一课，向推销员说明"积极心态"的重要性，加上一些推销术。他花了18个月旅行全国各地，同遇到困难的推销员谈话，跟他们一起出去推销，表演给他们看销售的业绩取决于推销员的态度，而不是顾客。

1938年年底，克里曼·斯通成了一名百万富翁。

我要对你说

作为一名推销员，你所面对的顾客没得选择，所以推销的根本在于改变自己。你对工作的热忱态度决定了销售是否成功；人生或许也是这样，如果不积极面对，它回报给你的也许就是乌云阴影。一切的成功都需要从自己身上寻找希望。

桶的大小,是由你定的

小 芳

从前,某国王有个习惯,每天早上接受大臣朝拜后,便让众臣陪同在宫殿周围散步。

一天,众人来到御花园,坐下观景,国王瞧着面前的水池忽然心血来潮,问身边的大臣:"这水池里共有几桶水?"

这个问题问得稀奇古怪,几桶水?谁答得确切?众臣一个个面面相觑。

国王很不高兴,便发旨:"你们回去考虑三天,谁能答出便重赏。"

三天过去了,大臣中仍没有人能解答得出这个问题。国王觉得很扫兴。

这时,有个大臣诚惶诚恐地伏地奏道:"国王息怒,我等不才,无法解答您的问题,老臣向国王推荐一人,或许能行。"

国王闻言问:"你推荐谁?"

那大臣说:"城东门有个孩子很聪明,是不是把他叫来试一试?"

不多时,那个孩子便被领进大殿。他落落大方,进了皇宫毫无怯意。

国王又将那问题讲了一遍后,

示意让人领小孩到池塘边去看一下。那孩子天真地笑道:"不用去看了,题太容易了。"

国王一听乐了,说:"哦,那你就讲吧。"

孩子眼睛眨了眨,说:"要看那是怎样的桶。如果桶和水池一般大,那池里就是一桶水;如桶只有水池的一半大,那池里就有两桶水;如桶只有水池的三分之一大,那池里就有三桶水,如果……"

"行了,完全对。"国王重赏了这个孩子。

众臣一个个呆若木鸡,自愧不如。

我要对你说

我们拿什么样的酒去斟满人生的杯子,就如同我们选择怎样的桶去盛水池里的水。你的人生是什么样子,完全取决于你自己对人生的态度。一些在你看起来难以回答的问题,其实答案就在你手中。

供年轻人使用的短语与哲理

王尔德

邪恶是由好人发明的神话,以说明他人古怪的吸引力。

穷人一旦具备了个人姿态,贫穷问题便不难解决了。

看到灵魂与肉体间差别的人是两者均不具备的人。

一个做工考究的扣眼是艺术与自然的唯一联系。

宗教在被证实为真实之时就将死亡。

科学是已死宗教的记录。

教养良好之士辩驳他人;智慧贤明之士辩驳自己。

枯燥是因为严肃进入了晚年。

在所有不重要的事情当中,风度,而非诚意,必不可少;在所有重要的事情当中,风度,而非诚意,必不可少。

一个人若是讲了真话,那是他肯定自己迟早会被发现。

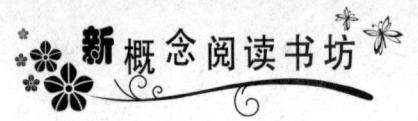

享乐是人生的唯一追求。快乐比什么都更会衰老。

一个人只有不付账单,才能期望活在商家的记忆中。

犯罪非皆卑下,但是粗卑皆为犯罪。粗卑是他人之所为。

只有浅薄的人了解自己。

时间是金钱的浪费。

人总该有一点儿不可理喻之处。

对偶尔的些许装束过分,唯一的补偿方式是永远的绝对过分的教育。

过早成熟就是十全十美。

雄心是失败的唯一避难所。

在考场上,愚人提出问题,智者无法回答。

人应当要么是一件艺术品,要么戴一件艺术品。

表面品质是唯一能够持久的。人的深层本质很快即被发现。

以往的时代是因年代错误而留存于史书之中的。

老年人相信一切,中年人怀疑一切,青年人了解一切。

十全十美的条件是无所事事,十全十美的目标是永葆青春。

只有伟大的风格大师才能成功地做到朦胧模糊。

我要对你说

字字珠玑,句句真理。大师之所以异于常人,是因为他能将我们不愿承认的事实言简意赅地坦诚。品味这些名言哲理犹如醍醐灌顶,而若真能踏踏实实地遵循,则人生便可少走弯路,永远坦途直行。

人　缘

王鼎钧

我跟某公司董事长做了多年邻居。当他的公司财源丰厚的时候,他的汽车碾扁了别人家的小鸡。他的狼犬自由散步,对着邻家的小孩露出可怕的门牙。他修房子把建材堆在邻家门口。坦白说,他在邻居中没有什么人缘。

后来,他的公司因资金周转不灵而歇业,我们经常在巷道中相遇,我步行,他也步行。他的脸上有笑容了,他的下巴收起来了,他的狼犬挂上链子,他也经常摸一摸邻家孩子的头顶。可是,坦白说,他仍然没有什么人缘。

一天,偶然跟他闲谈,谈到人间恩怨,我随口说:"人在失意的时候得罪了人,可以在得意的时候弥补;在得意的时候得罪了人,却不能在失意的时候弥补。"言者无心,听者有意,他若有所悟。

他暂时停止改善公共关系,专

心改善公司的业务。终于,公司又"生意兴隆通四海",他又有汽车可坐,不过他的车从此不再喇叭叫门,并且在雨天减速慢行,小心防止车轮把积水溅到行人身上。他的下巴仍然收起来,仍然有时伸手摸一摸邻家孩子的头顶。后来,他搬家了,邻居们依依不舍送到公路边上,用非常真诚的声音对他喊:"再见!"

好人缘并不是由你财富的多少决定的,也不是由你对别人施与恩惠的多少决定的,而是在平日生活的点滴积累中得来的。好人缘的关键在于谦逊、和蔼、礼貌、平易近人。千万不要尝试去毁坏好人缘,因为它一旦毁坏了,想要弥补可是难上加难。

洛克菲勒的敬业精神

聂崇彬

洛克菲勒是美国石油大亨,他的老搭档克拉克这样说:"他有条不紊和细心认真到了极点,如果有一分钱该归我们,他要取来;如果少给客户一分钱,他也要客户拿走。"

洛克菲勒对数字有着极强的敏感,他常常在算账,以免钱从指缝中悄悄溜走。他曾给西部一个炼油厂的经理写过一封信,严厉质问:"为什么你提炼一加仑油要花1分8厘2毫,而另一个炼油厂却只需9厘1毫?"这样的信还有:"上个月你厂报告有1119个塞子,本月初送给你了10000个。本月份你厂用去9537个,报告却说现存1012个。其他570个塞子哪儿去了?"这样的信据说洛克菲勒写过上千封。他就是这样从书面数字——精确到毫、厘、个,分析出公司的生产经营情况和弊端所在,从而有效地经营着他的石油帝国。

洛克菲勒这种严

谨认真的工作作风是在年轻时养成的。他16岁时初涉商海,是在一家商行当簿记员。他说:"我从16岁开始参加工作就记收入支出账,记了一辈子。这是一个能知道自己是怎样用掉钱的唯一办法,也是一个人能事先计划怎样用钱的最有效的途径。如果不这样做,钱多半会从你的指缝中溜走。"

我要对你说

洛克菲勒的这种敬业精神,并非是锱铢必较的小气之举,而是对自己负责,对整个企业负责的表现。只有将事业做细的人,才能发现别人所不能发现的漏洞,并从中找出解决应对的办法。一个精明成功的商人首先必定是一个从小事做起的人。

平生第一次感到快乐

王悦承

他是美国最富有的400人之一,却常常得不到快乐,他说:"一些人毕生都在追逐金钱,绝大多数时间却一无所获。另一些人挣的钱多得花不了,自己却活不过他们开的那些公司。这两种人都在朝着他们所认为的幸福不停地劳作。但是他们都错了。"

事情发生在1999年,肯尼斯·贝林乘坐私人飞机到了罗马尼亚。在当地一家医院里,71岁的贝林第一次把上了年纪的残疾人扶到了轮椅上。从那一瞬间起,两个人的命运发生了改变。

贝林来非洲之前,圣徒慈爱协会专门找到他,希望他能够用私人飞机顺路带些捐赠物品到罗马尼亚,包括肉罐头和六把轮椅。坐上第一把轮椅的老人,他妻子过世了,他又中了风不能行走,如果没有轮椅他只能永远待在屋子里。

"他老泪纵横,并且告诉我说:'现在,我可以走出院子,和邻居们一起抽袋烟了。'我只不过把他扶上了轮椅,但就好像帮他恢复了人格尊严。"77岁的贝林接受《英才》专访时说,"生平第一次,我感受到了快乐。为了保持那种感觉,我愿意尽我所能去做任何事。"

罗马尼亚之行,点燃了贝林从事慈善事业的激情,接下来的几年里,他频频光顾非洲的医院、东欧国家、阿富汗以及中国、印度、越南等新兴国家。2000年,贝林创立了轮椅基金会。根据其网站数据,到2005年5月,轮椅基金会向全球一百三十多个国家,捐赠了超过37万台轮椅。

直到晚年,贝林才找到了自我实现的途径。在《为富之道》一书

中，贝林讲述了他如何从大衰退时代的穷小孩,到成为美国最富有的400人之一,再到成为慈善家的经历。

1928年,贝林出生在美国威斯康星州的农民家里,他祖父母是从普鲁士和瑞士移民到美国的。贝林的家境很贫困,他父亲一小时挣25美分,他母亲帮别人洗衣服、打扫卫生,两人用微薄的收入支撑整个家庭。"我在中学之所以热衷于橄榄球,其中一个原因便是学校是第一个让我洗到热水澡的地方。"

"我是自己成长的。他们让我自行其事,让我自己作出重大决定,因为他们都在为谋生而奔命,几乎没有时间来管我。我变得有点不耐烦,我不喜欢做穷人,"贝林说,"但是这种经历,使我渴望走出去,而且做什么事情都无所畏惧。"

在7岁那一年,贝林有了自己的第一份工作——卖报纸。每卖掉一份报纸,他就能挣1美分。此后,他又帮别人装卸牛奶、修剪草坪,并在木场、乳酪厂和杂货店等地方工作。用他的话说,就是"做一切可以挣到美元的工作"。高中毕业以后,他成为了二手车销售员,最后成立了自己的汽车经销公司。后来,他变成了房地产开发商,搬到加利福尼亚。27岁那年,他挣到了人生中的第一个100万美元。

他拥有顶级豪宅、世界级经典汽车、私人飞机,在1988—1997年间他还拥有西雅图海鹰橄榄球队。应有尽有,贝林似乎什么都不缺了。但是,他又总觉得自己生命中缺少了某一样东西。直到他把别人扶上轮

椅时，他才找到了这种东西。

当别人坐上轮椅并把便利和自由的意义告诉他时，贝林深受感动。"很多人都告诉我说：'这给我们带来了巨大的变化，从想去死到想活着。'"他说。

到发展中国家的旅行，"使我更加感激……自由并非天生而来，我们需要付出代价。我们需要不断地奉献并且不断努力，这么做不是为了得到回报，而是为了享受奉献所带来的快乐"。

"我为自己在找到目标以前虚度了那么多年的光阴而深深遗憾——并非因为我不渴望去寻觅，而是我起初以为钱挣得多就是目标。事实就是，我把梯子靠错了墙，爬到顶才发现错了。"

 我要对你说

快乐的真谛不在于拥有，而在于给予。能给别人带来幸福和欢乐也是一种实现自我的方式。努力地奉献不是为了得到回报，而是从奉献中能寻找到真正的快乐！

放弃的快乐

雪小禅

那天,一家人在一起看王小丫的《开心辞典》,发现越来越喜欢这个节目,因为充满了智慧和人性化的美丽。

总有许多梦想会被实现,前面总有陷阱在等待着你,王小丫的微笑却永远那么迷人。她总是问你,继续吗?如果继续就有两种结果,一个是成功,接着往前进;一个是失败,退回到你原来的起点。不进则退,不可能让你在原地待着,还能保持住已经取得的成绩。

答对12道题的人并不多,往往是3道、6道或者9道题就淘汰出局了,但我看了很多选手,都是一直往前。有一个人,已经到了第9道题,但因为一次失误,又回到了从前的点数。

一种新玩法,非常刺激。

此时,我正在犹豫是否考研。就业压力大得让人喘不过气来,许多人都在考研考博,其实不过是找一个避风港而已,暂时让自己再回到象牙塔里,其实于我而言,这样的前进,似乎意义不大。

我知道自己更需要一份稳定的工作,或者再确切点儿说,我希望在社会上磨炼自己。

弟弟在读大二,那天他也在,他一直说:"姐,考研吧,现在考研多热啊,将来大本还上哪儿混去啊?"

我知道他说得不对,那些CEO们好多连本科都不是,学历并不能证明一切,面对两难的选择,我真的在彷徨。

那个答题的人一直很幸运,一路到了第9道题。他怀孕的妻子就在台下,去掉个错误答案、打热线给朋友、求助现场观众,他都用过了,到了第9题,当他把自己所有设定的家庭梦想都实现后,王小丫问,继续吗?

不。他说，我放弃。

我一愣，王小丫也一愣。因为很少有人放弃，那是在全国电视观众面前，失败或成功都可以理解，本来就是一场智力加机遇的游戏。

但他放弃了。弟弟说："真不像个男人，要是我，一定会答。放弃干什么，太保守了，不就是答错了往回扣分吗，万一答对了呢？"

王小丫继续问他："真的放弃吗？"而且一连问了三次。

他连犹豫都没有，然后点头，真的放弃。

"不后悔？"王小丫问。

他笑："不后悔，因为应该得到的已经得到了。"

坐在电视前的我，心里一阵激动，多好的话啊，不后悔，因为应该得到的已经得到了。

最终，他只答了9道题，没有接着冲向完美的12道，但是他说，已经很满足了，因为人生有许多东西必须要放弃才会得到。

"必须要放弃才会得到！"多好的一句话啊。

另一个男主持人问他："如果将来你的孩子长大后问你，爸爸，那天在《开心辞典》你为什么放弃了，你会怎么说？"

他说："我会告诉他，人生并不一定非要走到最高点。"

主持人说："那你的孩子如果问，那我以后考80分就满足了你怎么说？"

他笑着说："如果他觉得高兴，如果他付出自己应该付出的努力，那么我认同。"

全场响起了热烈的掌声。

那是一种更豁达的人生态度吧。从来我们都以为要追求、永远追求，要一直向前，哪怕跌得头破血流。爬山时我们要达到山顶，在半山腰上停下的人会被看不起；跑步时我们要撞到红线，仿佛那才是唯一的目的。

但我也知道，也许半山腰的风景更美丽，因为空气浓厚，所以生长着各式各样的植物和动物，也许山顶上可以一览众山小，可谁知道它是不是显得更加寂寞孤单？跑步的人，如果停下来看看风景有什么不好？为什么，非要去撞那条红线？

从来不知道，原来，放弃也可以是一种快乐，一种美丽。

因为放弃是另一种姿势，是我们准确地衡量自己把握自己做出的最现实的决定，它不是保守，不是退缩，而是为了得到最好的应该属于自己的一切。

弟弟一直在说着那个人的保守和老土，一点儿也不酷，但我笑了，我知道自己应该怎么做了。

过了几天，我告诉家人，我放弃了考研，到一家公司从秘书做起了。眼高手低，并不能找到一份好工作；而脚踏实地，寻找自己那块应该属于自己的天空，才是我真正要做的吧。

那天《开心辞典》对我的影响，是让我找到了一种新的生活态度，在很多时候，在学会进取的同时，也应该学会放弃。

因为在理智的放弃面前，放弃，是美丽的。

我要对你说

放弃选择是错的，但有时选择放弃却不失为一个明智之举。懂得放弃的人是睿智的、洒脱的，他们能看清前方的道路，也能清楚地认识自己。在憧憬海阔天空的时候，我们就该有退一步的勇气和决心。

一个走运的人

秦文君

有一个人,让我特别难忘。她最喜欢说的一句话是:"真走运啊!"

可这个人并非我们看来特别幸福的人。她开着一家小小的杂货店,沿街伸出只有一扇门宽的柜台,店子出售一些糖果、烟草之类的小东西,那些瓶瓶罐罐上没有一点积尘。

店主老是端坐在那里,含笑招呼客人。闲下来时,她就用丝线编织些小饰物,诸如手链啦,发带啦,随后就挂在店子里,有谁喜欢就买走。

最初,我是被她编的一个精巧的笔袋所吸引,淡绿色的,像最娇嫩的草。

"今天真走运啊。"她说,"春光多美!"

她的赞叹是那么由衷。

"这笔袋就像春的颜色。"我说,"特别美。"

"我真走运,"她说,"遇到了一个知道我心思的人。"

我买下了这个笔袋。不知怎的,也牢牢地记住了这位制作者,也许是受到了她温和友好的对待;也许是她单纯的落落大方的眼神;也许就是她那句"真走运啊"。

我经常会顺道去看看那家店子，有时买些东西，有时只是看看。因为在我的生活圈里，很少有人认为自己很幸福。有些人在外人看来已经过得相当不错了，但他们本人仍觉得还缺少许多，远远抵不上"走运"这个词。

可这店主，多么平凡。终日坐着，等待人们光顾，还得一张一张抚平那些乱糟糟的零钱。但就是这个人，每天把头发梳得漂漂亮亮，穿着得体的装束，安详而知足地活着。

有一天中午，我路过店子，她正在吃午饭，就着开水吃一个大大的糯米团。看见我，她笑笑，又说自己真走运，吃到了香甜的团子。

"你该到对面的店里吃一碗发烫的面。"我说，"那才舒服。"

可她说，那团子可不是普通的东西，是她的一位老顾客亲手蒸的，那老太太已经八十多岁高龄了，非常健康，还能爬山呢。

"我有这样的朋友，"店主说，"真幸运。"

她喜欢扎扎实实的生活，有一份自己喜欢的工作。她从不爱慕虚荣，不在意别人的目光，因为她自己就能证明她很走运。

那一次，我在店子里买了个她编的发网，绾头发用的，我说去爬黄山时，我要用它来盘起头发。

她让我归来时替她带一张山上的照片。她又说着："真走运啊！"像是恭喜我，又像在说她分享了这个"走运"。

归来后，我如约前去把我拍摄的最好的一张照片带给她。我还怂恿她，哪天请人照看一下店子，亲自爬上黄山。

"有缆车吧？"她问，"真的有？和我想的一样。真幸运啊，要有一天我也能去看看，就快乐了！"

"不必坐缆车，慢慢往上攀，爬上天都峰！"我说。

"是啊！是啊！"她笑笑说，"我梦到过。"

后来，我搬迁了住处，好久没去店子。有一天，我忽然想念起她来，便匆匆赶去。

可是，店子虽没关掉，但换了另一位店主。我问起她来，新店主说，她去世了。隔了一会儿，他又说，那个人真有礼貌，她倒下时，许多人去抬她,她还睁开眼,说:"谢谢,我真走运。"

我怔了许久,问:"那你知道,她去世前去爬了黄山吗?"

店主正忙着做生意,这时突然停下活计,说:"爬山?不会吧?"

后来我才知道,她是个下肢瘫痪的女子,坐在特制的轮椅上看管小店。而我,由于她阳光一样的微笑,从没在意她缺少什么。

我常常会想起她,想起那由衷的一声"真走运啊",因为它是点燃人良知的一片光芒。

我要对你说

　　幸福与不幸也许就在一念之间。她半身残疾,却用自己的良好心态,用自己的"真走运啊!"以及对生活的感恩和热忱感染着周围所有的人。不要对生活再抱怨什么,能够健康快乐地生活,就是最大的"走运"。

第三章 Chapter 3

对一朵花微笑

在这个世界上,简洁而执着的人常有充实的生命,把生活复杂化的人常使生命落空。

插花的艺术

乔 叶

一次,我去一位朋友家里玩儿,一进客厅,就看到电视机旁摆着一束漂亮的鲜花。这束鲜花不但开得好,而且插得也十分有味道。

"是我插的。"朋友说,"我最近刚刚研究了一点插花的学问。"

"最大的收获是什么?"

"最大的收获是,我发现插花的艺术和做人的道理有天然的相通之处。"

"给我讲讲好吗?"

"当然可以。"她颇有些得意地笑道,"就拿这一束花来说吧,基本规律也只有五条:一是上轻下重,这指的是花的色彩。色彩深的居下,色彩浅的居上,这样的插花作品具有稳定感。做人也是如此,一定要弄清楚哪些是浮华的东西,哪些是根底的东西,这样就不会轻易地失落自己。"

我点点头。

"二是上聚下散,这指的是大小花的位置分配。花朵小的,花瓣比较单薄的要插在外部和上部;花朵大的,花瓣比较丰厚的应当放在中部和下部。这样的插花作品具有均衡感。做人也是同样,一定要明白自己在生活中的位置,这样,才能够找到最适合自己的归属。"

"第三呢？"

"三是高低错落。这指的是花枝的安排。花枝一定要有长有短，有高有低，这样的插花作品才会显得生动活泼，具有流动感。做人也要知道自己该如何发挥长处和如何收敛短处，这样才能够尽自己最大的努力去做到最好。"

我微笑地看着她。她的话真的令我很意外。

"四是要有疏有密。这指的是花朵和花枝之间的距离要有大有小，大则疏，小则密，这样的插花作品才会虚实相宜，具有层次感。做人也应当这样有原则有分寸，才会做得圆润自然。"她笑道，"最后就是要仰俯呼应，这指的是整个花的动势要集中，要形散而神不散，这样的插花作品才会彼此关联，具有整体感。表现在做人方面，就是说自我的统一性。不过，这也只是一个基本框架，具体的情况还要因花而宜，因人而定。"

听完她的一番话，我不由细细地开始端详起这束花来。她说得多好啊。做人不真的也是这样吗？看着似乎很平常，其实每一个人都和每一束花一样，有轻有重，有散有聚，有高有低，有疏有密，有呼有应。每一幅作品都需要我们用心去经营，才能做到最真和最美。

我要对你说

生活中看似浅显的道理，有时却能一语道破人生的真谛。生活中每一个细节都蕴含着一个哲理，只有用心体会，才能悟出其中的玄妙之处。这可能正是佛家所说的"一树一菩提，一沙一世界"吧。

每种改变都要付出代价

林 夕

年初,在电脑公司做软件设计的朋友辞职出来,几个人合伙创办一个电脑网络公司,需要租一间办公室。去了几个地方,最后选中离市中心稍远但交通方便的一个写字楼。楼主是外地一位农民,干装修发家后买了这栋楼,一共8层,1层是大堂,2层和顶层他自己公司用,3至7层出租。朋友去的时候,4至7层已租满,3层空闲,朋友就选了3层一间60平方米的房间,签订了两年的租赁合同。交了房租,搬进去开始办公。

整个3楼只有朋友一家公司办公,每天出出进进,倒也方便。但是这种情况只持续了三个多月,五一节前,楼主在报上登出房屋租赁广告,广告一刊出,3楼就变得热闹起来,进进出出的人很多,都是来看房子的。朋友也并没在意,因为别人租房和他无关。接着,就到五一节了,朋友关了公司,外出度假去了。节后休假回来一上班,楼主就来找他,态度诚恳地和他商量:"有一家公司想要租用一整层楼,现在3层只有你们一家公司,4层正好倒出一个空房间,而且装修过,比3层好,所以想让你们搬到4层。你可以先去看看房间。"

朋友听了,感到有些突然,本没打算搬家,但是看到人家态度诚恳,又不好拒绝,就答应上楼看看房间再说。4层看上去比3层好,房间装修过,而且面积大,有100平方米。朋友心想:"房间不错,不如就答应搬上来,把3层倒出来让他租给别人。这样大家都好。"

想不到朋友还没开口,楼主却先说了话:"这个房间比你楼下的大,我派人从柱子那儿夹开,这样这个房间和你楼下的面积一样。"

朋友听了,很不高兴,心想:"一样的面积,我为什么要搬?3层那间办公室本来已经租给我了,你无权再整层出租。"于是,朋友微微一笑,说:"我决定不搬了。"说完,一扭头下楼了。

过了两天,楼主又下楼找朋友,态度更加诚恳:"我知道,我们无权让你搬走。但是,你知道现在房子不好租,我们打了几期广告,好不容易才找到租户,而且要一整层。所以请你帮帮忙,就算我求你了,你搬上去,房间我也不夹开了,都给你用,多出的面积今年不算租金,明年按面积增加。你看这样行不行?"

朋友摇摇头:"不行,我是按照我的预算租下这间办公室的,不想有改变,如果改变,那也一定是按照我的意愿,而不是别人强加给我的。"

一个星期后,楼主第三次下来,找到我的朋友。此时,他已经知道,仅有态度是不够的,忍痛做出最后让步:"如果你愿意,4层那个房间整个都给你用,两年内房租按原来的数目收缴,搬家的人力、费用由我们公司出。"

朋友听了,微笑着点点头,说:"我可以答应你,我知道,你已经为此付出了代价,但是如果我拒绝,你的损失会更大。所以你看,每一种改变都要付出代价,从一开始,你就应该知道。那样,我们也不会拖到今天。"

接下来发生的事,不难预料:双方签订了一份补充合同,第二天,朋友就搬到4层办公。但是,接下来发生的事,却大大出乎意料,谁也没想到:原先想租用3楼的那家公司,因为等不急,在朋友搬家的那天,选定了在别处的一层写字楼。

每一种改变都需要付出代价,你可以少付代价,但是不可能不付。如果你想不付一点代价,结果往往会付出更大的代价。

我要对你说

世界上没有免费的午餐,做任何事都要付出相应的代价。你可以少付代价,却不能不付,对于选择而言,片刻的犹豫就可能造成重大的损失,在不能取得平衡的条件下,损失最少的选择就是最好的选择。

自己救自己

刘国玉

某人在屋檐下躲雨,看见观音正撑伞走过。这人说:"观音菩萨,普度一下众生吧,带我走一段时间如何?"

观音说:"我在雨里,你在檐下,而檐下无雨,你不需要我度。"这人立刻跳出檐下,站在雨中:"现在我也在雨中了,该度我了吧?"观音说:"你在雨中,我也在雨中,我不被淋,因为我有伞;你被雨淋,因为无伞。所以不是我度自己,而是伞度我。你要想度不必找我,请自找伞去!"说完便走了。

第二天,这人遇到了难事,便去寺庙里求观音,才发现观音的像前也有一个人在拜,那个人长得和观音一模一样,丝毫不差。

这人问:"你是观音吗?"

那人答道:"我正是观音。"

这人又问:"那你为何还拜自己?"

观音笑道:"我也遇到了难事,但我知道,求人不如求己。"

 我要对你说

求人不如求己,真正的救命稻草不是别人,只是自己。不要把希望寄托在别人身上,不要盲目地为生命设置偶像,只有自救的人才能够自立自强。

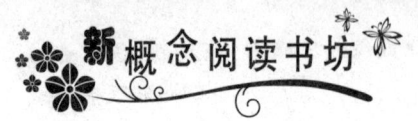

什么比诺贝尔奖更重要

澜 涛

万众瞩目的2004年诺贝尔文学奖终于揭晓，评委们将这一至高无上的荣誉给了奥地利女作家艾尔芙蕾德·耶利内克。

耶利内克是自1966年内利·扎克斯获得诺贝尔文学奖后，第一位凭借德语写作而获得诺贝尔文学奖的女作家。瑞典皇家科学院颁奖委员会公布她获奖的理由是"耶利内克利用她创作的小说和戏剧中所具有的非常鲜明的语言表现力，以一种富于音乐节奏感的韵律描述了社会现实中的荒谬现象及向其屈服的力量"。

就在人们期待着耶利内克领奖时会说些什么美妙的话语时，耶利内克却于当天，在维也纳召开记者发布会，正式宣布："我不会去斯德哥尔摩接受该项大奖。因为获得诺贝尔奖会使自己成为一个万众瞩目的名人，这是我不想追求的后果。"

世人震惊，纷纷猜测：是什么让耶利内克放弃这一至高荣誉？是什么比诺贝尔奖还重要？

耶利内克解释道："我在得知自己获奖之后的第一个想法就是告诉自己：'你终于获得这一奖项，这太棒了！'但我转念一想：'这有可能会给我的生活带来巨大的影响。'至少在未来的一段时间之内，原本拥有的生活会被打乱。而我并不想成为公众瞩目的焦点。"

"我知道，因为有了宁静，我才得以垂心文学创作；因为有了宁静，我才得以思绪轻盈飞翔；因为有了宁静，我才得以奖冠近身鲜花入怀……如果失去了宁静，而只剩下一座诺贝尔奖杯，请原谅，我只能选择放弃，因为，我不能丢失自己。"

没有人不喜欢荣誉、掌声和鲜花，因为那是价值的体现。但当得到这一切的代价是失去宁静的时候，耶利内克选择了放弃。当心灵可以宁静到喧嚣之外，当精神可以淡泊在名利之外，也许，会丧失很多人艳羡的花香，但绝不会丢失掉心灵深处月色的轻柔，不会丢失掉祥和灿烂的笑容。

人生，关键的不是得到什么，而是不要丢失掉什么。

在你得到一些东西的同时，也注定了你将要失去一些东西。在得到和失去之间的取舍，非大智慧、大洒脱的人不能做到。探问你的内心，看它真正需要的是什么，也许你会发现很多时候正如作者所说的那样"人生，关键的不是得到什么，而是不要丢失掉什么"。

妙用失误

蒋光宇

有一次，古埃及国王胡夫举行盛大的国宴，厨工们忙得团团转。一名小厨工不慎将刚炼好的一盆羊油打翻在灶边，吓得他急急忙忙用手把混有羊油的炭灰一把一把地捧起来扔到外边去。扔完后赶紧洗手，手上竟出现滑溜溜，黏糊糊的东西，而且洗后的手特别干净。

小厨工发现这个秘密后，便悄悄地把扔掉的羊油炭灰捡回来，供大家使用，结果每个厨工的手都洗得又白又净。

后来，国王胡夫发现厨工们的手和脸洁白干净，没有了以往的油垢，便盘问起来。小厨工如实道出了原委。国王胡夫试后赞不绝口。很快，这个发现便在埃及全国推广开来，并传到了希腊和罗马。在这个发现的基础上，人们研制出了流行世界的肥皂。

1885年，亚特兰大市一个名叫潘伯顿的业余药剂师以柯树叶和柯拉树籽为基本原料，经过多次试验，制成了一种具有兴奋作用的健脑药汁。这便是美国最初上市的可口可乐。但可口可乐的销量很低，潘伯顿也非常焦急。

有一天，一位头痛难忍的病人请求服用健脑药汁。店员在配药时，本应向瓶内注入自来水，实际上却误注了苏打水。病人一饮而尽。待店员醒悟过来感到束手无策之时，病人的头痛却止住了，病人禁不住连声称"妙"。潘伯顿颇受启发，立即往健脑药汁中加入一定量的苏打水，并在"包治神经百病"的广告旁边，添上了"芳醇可口、益气壮神"等赞语。可口可乐奇迹般地从一种药剂，摇身一变而成为风行世界的上等饮料，其销量与日俱增。

有一个德国工人,在生产书写纸时不小心弄错了配方,生产出一大批不能书写的废纸。他被扣工资、罚奖金,最后还遭到解雇。正当他灰心丧气的时候,他的一个朋友提醒他,让他仔细想一想,能否从失误中找到有用的东西。于是,他很快认识到,这批纸虽然不能做书写用纸,但是吸水性能相当好,可用来吸干器具上的水。于是,他将这批纸切成小块,取名"吸水纸",投放到市场后,相当抢手。后来,他申请了专利,成了大富翁。

在探索和创新的道路上,失误是不可能完全避免的。只有什么也不干的人,才不会有失误。经一番挫折,长一番见识。失误是特殊的教育,是宝贵的经验,是正确的先导,是通往成功的阶梯。这些,早已成为人们的共识。此外,失误还有容易被忽视和特别值得强调的意义:失误的结果,并不都是废物或恶果;有些失误的结果,是歪打正着可以妙用的宝贝。道理很简单,有些宝贝放错了地方,也就成了废物;有些废物放对了地方,也会成为宝贝。失误,就像一盆婴儿用过的洗澡水。当我们倒掉洗澡水的时候,万万不可粗心大意地将婴儿也一起扔掉。

失误并非失败,有时候,失误也许是另一种成功,但这种成功隐藏在失误的阴影之后,只有细心、睿智的人才能够发现它。失败是成功之母,我们不单从失败中汲取经验,只要我们拥有一双睿智的眼睛,有时候,失败的本身也是成功。

篱笆边的桃树

刘燕敏

路旁有两棵桃树,一棵在篱笆内,一棵在篱笆外。篱笆内的受到保护,枝繁叶茂;篱笆外的常被人攀折,疏枝横斜。春天,它们都开粉红色的花,秋天都结黄红色的果。不同的是,外面的年年硕果累累,里面的总是稀疏的几枚。

我天天走这条路,对这种现象不免困惑。直到有一年去一处果园参观,才知道果实的多寡与枝的疏密有关。枝疏者果众,枝密者果少。

大自然的许多奥妙与人生的某些现象常有相似之处。我有两位朋友,都是搞绘画的,一个在社会上流浪写生,一个在国画院做专职画家。流浪写生的,从城市到乡村,从山野到海滨、新疆、西藏、云南一路画去;食取果腹,衣取避寒;没有学术会议,没有国内国外的参展,心无旁骛,专心作画。做专职画家的人有17个头衔,理事、会长、评委、顾问、指导老师,应有尽有；每年的工作也丰富多彩，作画、开会、剪彩、辅导、义卖、参展、评奖，不一而足。

　　1998年，两汉文化艺术节上，他们的画共同在文化宫展出，来自国外和港澳台的人士参观后，花高价买走了流浪画家的所有作品，专职画家的画一幅都没卖出。他很是伤心，来我家找先生喝酒。先生不知如何劝他，只说，他们有眼不识金香玉，我看你的画就不错。我知道这是先生的鬼话。其实，谁心里都明白，他如果能把身边的事减少到用手指数清的程度，是不至如此的。

　　在这个世界上，简洁而执着的人常有充实的生命，把生活复杂化的人常使生命落空。这样的道理不是每一个人都能明白，尤其是那些在世俗的道路上走得太远的人。

我要对你说

　　记得鲁迅先生说过："生活太安逸了，工作就会被生活所累。"正如在我们通往成功的道路上，常会被路边那绚丽的景色所吸引，从而驻足欣赏、游玩，时间久了便常常会忘记了自己前进的方向，迷失了自我。

只需变换一下位置

李雪峰

朋友家住在一个十分简陋的居民楼里，大家忙碌着换房换环境的时候，朋友一直安之若素，丝毫没有因为在一个地方住得太久而显出满腹烦闷的迹象。

我们向朋友讨教他能安贫乐道在一个地方一住就是十多年的秘诀，朋友说："没什么秘诀，只需变换一下位置。"见我们不解，朋友解释说，每住一两年，我们就要调整一次家里东西的格局，比如，一直放在客厅前墙角的沙发，我们把它挪到后墙角去；放在客厅角落里的冰箱，我们把它调整到厨房中去；前墙的条幅，我们把它挂到左墙上去……

朋友说："家里的格局一调整，马上就有了新的情调，就像搬进一处新居一样，新鲜感一持续就是几个月甚至半年，怎么会烦呢？"

朋友见大家感兴趣，继续传经说："比如卧室吧，开始时，我们住在前边的卧室，而孩子住在后边的卧室。住上一两年，我们让孩子住到前边的卧室来，我们则挪到后边的卧室去。孩子在后边住得久了，往往看到的是斜阳余晖，是外边的田野和远处的村庄，把他挪到前边的卧室去，他推窗看到的是另一种风景：橙红的朝霞、院子里的风景树、楼下的草坪……而习惯看到这一切的我们，则推窗看落霞，卧床看田野，这一切，和乔迁新居有什么不同呢？

你们为了换环境，又是看房、选房，又是装修购置家具，忙得团团转，不过同我们一样，只是换一种新环境而已。而我家就简单多了，只需要换一个位置，但同样有新鲜感，同样有幸福，同样有温馨。"

是啊，幸福其实离我们并不远，只是我们的心把它看远了，就像逃离旧寓，乔迁新居一样，我们精疲力竭地做来做去，不过是换掉

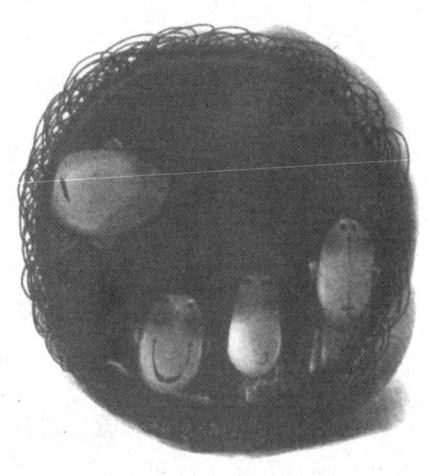

屋内的老格调、窗外的旧风景，而朋友只是稍稍变换一下家具的位置，家里同样有了新格调，窗外有了新风景。

许多时候，成功和幸福只需我们变换一下自己的位置；或许，只需要我们轻轻转动一下自己的身子。

我要对你说

为了追逐成功和幸福，我们一直在不停地奔跑，但却一直不见其踪迹。其实，成功和幸福离我们并不远，一直都在我们身后的不远处，只要我们停下那慌乱的脚步，微微地转一下身，便能看到它了。

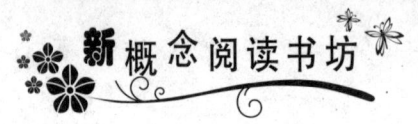

名声是一件太重的行李

林 夕

朋友的女儿自幼爱画画,颇有几分天赋。于是,朋友便送她去拜师学艺,学了几年,技艺大长,作品被送去参展并一举获奖。于是媒体蜂拥而来,接下来一个月,父女俩几乎什么也不做,整天接待记者,谈话,录音,吃饭,已经接待了五十多家媒体,从中央到地方,有些报纸连名字都没听说过。

按说,小小年纪便出手不凡,让媒体宣传一下也无妨,现在是信息时代,酒香也怕巷子深,那么多酒家,你不说谁知道好不好。可是凡事有度,如果整天陷于记者包围之中,不仅影响正常工作,甚至会产生自满、自我膨胀等负面作用,特别是对一个14岁的孩子,心理尚不太成熟,每天采访、上电视、签名售书,成人都会飘飘然,一个孩子怎保不会自我膨胀?

我把想法跟朋友说了,他听了很不以为然,反问我:"你知道为什么媒体一窝蜂地来采访吗?就是因为她14岁,如果是24岁获奖就不算新闻了,恐怕找他们来都不来。所以我要抓住时机,充分借助媒体的力量,让她一举成名。张爱玲就说过,成名要趁早嘛。"

我叹了口气,不再说什么。

张爱玲的文章,不用说自然是好,但她说过的一些名言,却要商榷。别的不说,一句"成名要趁早",不知误导多少天下人。我们知道,张爱玲年纪轻轻就成为上海滩走红的作家,她一生最好的作品都是在25岁以前写成的,对她来说,"成名要趁早"倒是一句实言。但是,如果进一步探究就会发现，张爱玲的 25 岁不同于普通人的 25 岁，她的心理年龄怕是 50 岁也不止。

了解张爱玲的人都知道，她是清末著名"清流派"代表张佩伦的孙女，前清大臣李鸿章的重外孙女。如此显赫的身世，并未给她的童年带来多少欢乐。纨绔子弟的父亲和深受西洋文化影响的母亲性格多年不和，终于在张爱玲 10 岁那年分道扬镳。生性执拗的张爱玲不讨继母喜欢，有一次被继母陷害而遭父亲毒打，被独自关在地下室十几日，小小年纪便尝尽世态炎凉，所以也就不难理解，她竟如此早熟——4 岁就以怀疑的目光看世界，8 岁读《红楼梦》《三国演义》，13 岁发表第一篇散文，20 岁出头便走红文坛。表面看她确实早早成名，但抛开表层往深里看，就会发现，张爱玲其实从未年轻过！她年轻的身体里跳动的是一颗已经看过红尘的老人的心！也正因此，她才能不为盛名所累，在闹世中辟一静地，安身立命，独自行走在自己的幽静小路上。

古今中外，能像张爱玲这样不为名声所累的人真是太少了。绝大多数少年有成的才子才女们都没有她那样的定力，不能好好把持自己，或轻狂自傲，或贪图享受，让名声毁了自己。

名声是一件太重的行李，太早得到了，一定背不

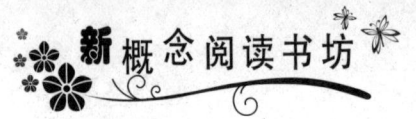

动,反而把自己压倒,跌入人生的谷底。就算能爬出来,也是伤痕累累,大失元气。所以,还是把心放平,尊重自然吧。人生有如四季,少年奔放如春,青年火热似夏,中年成熟如秋,晚年清冷似冬。每个季节有每个季节的使命,每个季节有每个季节的景色。如果想求速成,省略一个季节,那样的人生即使不是灾难。也是一场悲剧。

我要对你说

过分沉重的名声只会给人生带来浮华和浅薄,只有品尝过人生的酸甜苦辣,体会过世间的悲欢离合,待到浮华尽褪,铅华尽洗之后的人生才是饱满而充实的。

倒贴"福"字和投自家篮

蒋光宇

常规是通常的做法,是沿袭下来经常实行的规矩,是人们长期实践检验的宝贵结晶。但是,切不可不分时间、地点、场合一味地按常规办事。有时候,打破常规的创造性思维,反倒能导演出有声有色的好戏。

倒贴"福"字,起源于清代恭亲王府。有一年春节,大管家按照惯例派人把"福"字贴在大门上。没想到贴字的人目不识丁,竟将它贴倒了。恭亲王甚为生气,欲鞭罚惩戒。大管家急中生智,说:"奴才常听人说恭亲王寿高福厚,如今'福'真的'到'了。这乃吉祥之兆啊!"恭亲王听后,转怒为喜。后每逢春节,王府就有意倒贴"福"字,并逐渐传入民间。如今每逢春节,人们便在屋门、窗户、墙壁等处倒贴上大大小小的"福"字,为传统佳节增添了不少的情趣。

在一次欧洲篮球锦标赛上,保加利亚队与捷克斯洛伐克队相遇。当比赛只剩下8秒钟时,保加利亚队以2分优势领先,一般来说已稳操胜券。但是,那次锦标赛采用的是循环制,保加利亚队必须赢球超过5分

才能出线。可要用仅剩下的8秒钟再赢3分,谈何容易。这时,保加利亚队的教练突然请求暂停。许多人对此举付之一笑,认为保加利亚队大势已去,被淘汰是不可避免的,教练即使有回天之力,也很难力挽狂澜。暂停结束后,比赛继续进行。这时,球场上出现了众人意想不到的事情:只见保加利亚队拿球的队员突然运球向自家篮下跑去,并迅速起跳投篮,球应声入网。这时,全场观众目瞪口呆,全场比赛时间到了。但是,当裁判员宣布双方打成平局需要加时赛时,大家才恍然大悟。保加利亚队这出人意料之举,为自己创造了一次起死回生的机会。加时赛的结果是保加利亚队赢了6分,如愿以偿地出线了。

在一般情况下,按常规办事并不错。但是,当常规已经不适应变化了的新情况时,就应解放思想,打破常规,善于创新,另辟蹊径。只有这样,才可能化缺点为优点,化弊端为有利,化腐朽为神奇,在似乎绝望的困境中寻找到希望,创造出新的生机,取得出人意料的胜利。

我要对你说

成功只有一个,但通往成功的道路却有很多条,有时候,距成功最近的一条路并非现成的,而是需要我们自己去开辟。打破常规,另辟蹊径往往能取得意想不到的效果。正如一句广告词说得那样:"没有做不到,只有想不到。"

利 润

吴 军

小镇上一位颇有钱的五金店老板把支票放在大信封内,把钞票放在雪茄烟盒里,把到期的账单插到票据上。

那个当会计师的儿子来探望父亲,说:"爸爸,我实在搞不清你是怎么做买卖的。你根本无法知道自己赚了多少钱。我替你搞一套现代化会计系统好吗?"

"不必了,孩子。"老头说,"这一切,我心中有数,我爸爸是个农民,他去世时,我名下的东西只有一条工装裤和一双鞋。后来我离开农村,跑到城市,辛勤工作,终于开了这家五金店。今天我有三个孩子——你哥哥当了律师,你姐姐当了编辑,你是个会计师。我和你妈妈住在一所挺不错的房子里,还有两部汽车。我是这家五金店的老板,而且没欠人家一分钱。"

老头停顿一下接着说:"好了,说说我的计算方法吧——把这一切加起来,扣除那条工装裤和那双鞋,剩下的都是利润。"

我要对你说

我们常常计较生活的得失,而忘记了我们真正拥有的东西。生命的利润不是以金钱财富来衡量的,而是你拥有的是否是你最宝贵珍惜的东西。懂得知足,懂得感激,珍惜眼前的幸福,就是为你生命的利润增值。

对一朵花微笑

刘亮程

我一回头,身后的草全开花了。一大片。好像谁说了一个笑话,把一滩草惹笑了。

我正躺在山坡上想事情。是否我想的事情——一个人脑中的奇怪想法让草觉得好笑,在微风中笑得前仰后合。有的哈哈大笑,有的半掩芳唇,忍俊不禁。靠近我身边的两朵,一朵面朝我,张开薄薄的粉红花瓣,似有吟吟笑声入耳;另一朵则扭头掩面,仍不能遮住笑颜。我禁不住也笑了起来。先是微笑,继而哈哈大笑。

这是我第一次在荒野中,一个人笑出声来。

还有一次,我在麦地南边的一片绿草中睡了一觉。我太喜欢这片绿草了,墨绿墨绿,和周围的枯黄野地形成鲜明对比。

我想大概是一个月前,浇灌麦地的人没看好水,或许他把水放进麦田后睡觉去了。水漫过田埂,顺着垄沟流下,枯萎多年的荒草终于等来一次生机。那种绿,是积攒了多少年的,一如我目光中的饥渴。我虽不能像一头牛一样扑过去,猛吃一顿,但我可以在绿草中睡一觉。和我喜爱的东西一起睡,做一个梦,也是满足。

一个在枯黄田野上劳忙半世的人,终于等来草木青青的一年。一小片。草木会不会等到我出人头地的一天?

这些简单地长几片叶、伸几条枝、开几瓣小花的草木,从没长高长大、没有茂盛过的草木,每年每年,从我少有笑容的脸和无精打采的行走中,看到的是否全是不景气?

我活得太严肃,呆板的脸似乎对生存已经麻木,忘了对一朵花微笑，为一片新叶欢欣和激动。这不容易开一次的花朵，难得长出的一片叶子，在荒野中，我的微笑可能是对一个卑小生命的欢迎和鼓励。就像青青芳草让我看到一生中那些还未到来的美好前景。

以后我觉得，我成了荒野中的一个。真正进入一片荒野其实不容易，荒野旷敞着，这个巨大的门让你努力进入时不经意已经走出来，成为外面人。它的细部永远对你紧闭着。

走进一株草、一滴水、一粒小虫的路可能更远。弄懂一棵草，并不仅限于把草喂到嘴里嚼嚼，尝尝味道。挖一个坑，把自己栽进去，浇点水，直愣愣站上半天，感觉到可能只是腿酸脚麻和腰疼，并不能断定草木长在土里也是这般情景。人没有草木那样深的根，无法知道土深处的事情。人埋在自己的事情里，埋得暗无天日。人把一件件事情干完，干好，人就渐渐出来了。

我从草木身上得到的只是一些人的道理，并不是草木的道理。我自以为弄懂了它们，其实我弄懂了自己。我不懂它们。

我要对你说

对一朵花微笑，也许是给一个卑微的生命的欢迎和鼓励。对一朵花微笑，也许是对身边阳光的感知与欣喜。对一朵花微笑，也许是理解人生不同的态度与看法。对一朵花微笑，不止是施与，还会有所得……

幸福是什么

岛田洋七

我小时候寄养在外婆家。外婆独自抚养两男五女共七个儿女，熬过了艰难的战后重建年代。我到外婆家住的时候是1958年，外婆58岁。生活当然不宽裕，但她总是那么开朗乐观、精神抖擞。而我呢，在和外婆相依为命的日子里，懂得了幸福的真正含义。

那时外婆的工作是清扫佐贺大学和佐大附属中学、小学的教职员室和厕所，快的话上午11点左右就可以回家了。走在回家路上的外婆，样子有点奇怪，她每走一步，就发出"嘎啦嘎啦""嘎啦嘎啦"的声音。我仔细一看，她腰间好像绑着一根绳子，拖着地上的什么东西一路走来。

"我回来啦。"

外婆还是弄出"嘎啦嘎啦"的声音，若无其事地招呼我一声，走进大门。我跟在后面进门，外婆正解下她腰上的绳子。

"阿嬷，那是什么？"

"磁铁。"外婆看着绳子说。绳子一端绑着一块磁铁，上面粘着钉子和废铁。"光是走路什么事也不做，多可惜，绑着磁铁走，你看，可以赚到一点外快的。"

"赚到钱？"

"这些废铁拿去卖，可以卖不少钱哩！不捡起掉在路上的东西，要遭老天惩罚的。"外婆说着，取下磁铁上的钉子和铁屑，丢进桶里。桶里已经收集了不少"战利品"。外婆出门时，好像一定会在腰间绑着绳子，我简直看呆了。但这还不是最让我惊讶的事。

外婆把钉子、铁屑都丢进桶子后，又大步走到河边。我跟在后面，奇怪外婆为什么看着河水微笑。

"昭广，帮我一下。"她回头叫我之后，转身从河里捞起木片和树枝。河面架着一根木棒，拦住一些上游漂下来的木片和树枝。之前我到河边张望时，还在好奇那根木棒为何横在河里，哪里想得到是外婆用来拦截漂流物的"法宝"！外婆把木棒拦下来的树枝和木片晒干后当柴烧。

"这样，河水可以保持干净，我们又有免费柴火，真是一举两得。"外婆豪爽地笑着说。现在看来，外婆早在45年前就已经致力于资源回收利用了。

木棒拦住的不只是树枝和小木块。上游有个市场，尾部开杈的萝卜、畸形的小黄瓜等卖不出去的蔬菜，都被丢进河里，也都被木棒拦住了。外婆看着奇形怪状的蔬菜说："开杈的萝卜切成小块煮出来味道一样，弯曲的小黄瓜切丝用盐腌一腌，味道也一样。"

是这样。

还有一些果皮受损的水果,也因为卖相不好而被丢弃。但是对外婆来说,那些"只是外表差一点而已,切开来吃,味道一样"。真是这样。

就这样,外婆家大部分的食物,都仰仗河里漂来的蔬果。而且,夏天时西红柿用河水冷藏着漂流下来,更加好吃。甚至有时候,会有完好无损的蔬菜漂下来。当时,市场批发的蔬菜还沾满泥土,需要兼职的大妈在河边冲洗干净,通常都是十几个人一边聊天一边洗菜,总有人不小心手一滑,蔬菜就被水冲走了。

每天,总有各式各样的东西顺流而下,被木棒拦住,因此外婆称那条河是我们家的"超级市场"。

她探头望着门前的河水,笑着说:"而且是送货上门,也不收运费。"

偶尔,木棒什么也没拦到,她就遗憾地说:"今天超市休息吗?"

外婆说这个超市只有一个缺点,"即便今天想吃小黄瓜,也不一定吃得到,因为完全要听凭市场的供应"。

真是无比开朗的外婆啊!别人家是看着食谱想着要做什么菜,外婆是看着河里想:"今天有什么东西呢?"再决定菜单。

文中的外婆用她独特的智慧和乐观的心态,为我们展现了幸福的定义。贫穷未必不快乐,富有也未必就快乐。即使身陷贫穷仍能执着于快乐,坚定于生活,物资匮乏时仍然可以找到满足与惊喜,这才是真正的幸福。

上帝给谁的都不会太多

刘燕敏

1972年,新加坡旅游局给总统李光耀打了一份报告,大意是说,我们新加坡不像埃及有金字塔,不像中国有长城,不像日本有富士山,不像夏威夷有十几米高的海浪。我们除了一年四季直射的阳光,什么名胜古迹都没有,要发展旅游事业,实在是巧妇难为无米之炊。

李光耀看过报告,非常气愤。据说,他在报告上批了这么一行字:你想让上帝给我们多少东西?阳光,阳光就够了!

后来,新加坡利用那一年四季直射的阳光,种花植草,在很短的时间里,发展成为世界上著名的"花园城市",连续多年,旅游收入名列亚洲第三位。

上帝给每个国家,每个地区的东西,确实都不是太多。就拿我们身边知道的来说,它仅给杭州一个西湖,仅给曲阜一个孔子。就拿个人而言,它给每个人的东西也同样少之又少。他只给了牛顿一只苹果,并且还是以砸在他头上的方式掷过去的;他只给了迪斯尼一只老鼠,而这只老鼠是在迪斯尼连面包都吃不上的时候到达的。

上帝的馈赠虽然少得可怜,但它是酵母。只要你是位有心人,你会惊喜地发现,上帝的馈赠是多么的丰厚。君不见,聪明的江南人利用西湖把杭

州做成了天堂；智慧的北方人利用孔子把曲阜变成了圣城。君不见，沉思中的牛顿因那只苹果，奠定了自己在物理学上不可撼动的地位；潦倒的迪斯尼利用那只老鼠，创造了一个价值连城的动画帝国。

也许你曾抱怨上帝的不公。在同龄人中间，它送给别人美貌，送给别人金钱，送给别人地位；送给你的，却仅是办公室的一把旧椅子。然而，假如你有幸读到了李光耀的那句话，你也许会突然振奋起来——原来那把旧椅子是上帝有意送来的。既然如此，哪里还有理由不把它变成一件文物。

 我要对你说

上天是公平的，不会给任何人太多的礼物。但上天所赐予我们那极少的一点儿，就足以成为我们一生中巨大的财富，前提是你如何去利用它，如何去开发它。不要抱怨上天的不公，因为上天所给你的财富，已经远远地超出了你的想象，不过是你没有发现而已。

芬芳的 100 美元

崔修建

那是一个寒冷的冬天,世界巨富洛克菲勒像往常一样简单地用过早餐,便开始忙碌地处理起一天的繁重工作。

突然,他的目光停在一封陌生的来信上面。写信人是纽约市的一个自称叫保罗的乞丐。信中,保罗向洛克菲勒提出借 100 美元,以渡过眼前的生活难关,并承诺等他以后有了钱会加倍偿还的。洛克菲勒望着那几行七扭八歪的字,轻轻地笑了笑,他以为保罗所谓的借钱,只不过是在向他变相地乞讨而已,但他还是按信上留下的地址,亲自给保罗寄去了 100 美元。

没想到,一周后,保罗写得十分认真的借条竟翩然而至。洛克菲勒

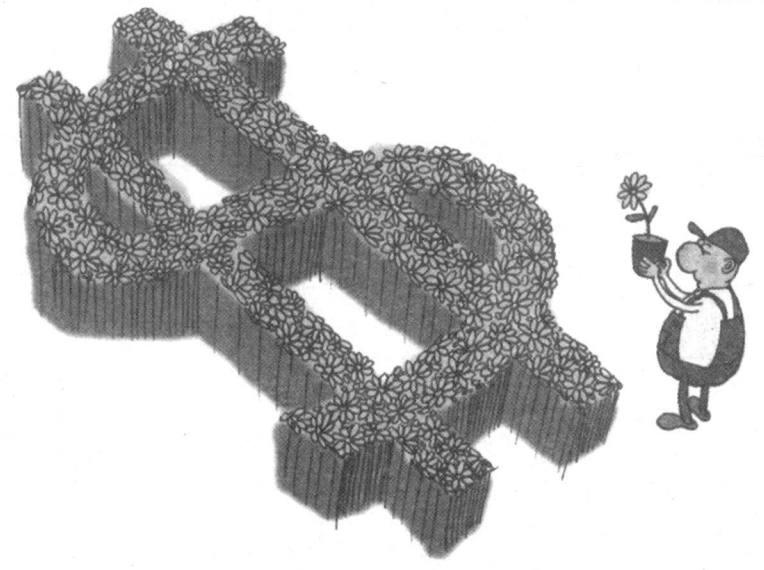

轻轻扫了一眼借条，没在意地将其扔到了一边，他心里并没有想过要保罗还钱。不过，保罗的郑重其事还是给他留下了良好的印象。

数年后，洛克菲勒早已忘却了当年保罗借钱的事，但一张来自伦敦的汇款单和一封特别的感谢信，给曾经的往事续写了一个美好的结局——保罗在信中告诉洛克菲勒：当初向他借款是因跟几个乞丐打赌，因为他的同伴都认为像洛克菲勒那样的巨富根本不会相信他的话，更不可能随便借钱给他这样街头随处可见的乞丐的，他在寄出那封借钱的信后就认准自己输定了。当他很快便收到洛克菲勒亲笔签名的汇款单时，他的心灵受到了极大的震动，他做的第一件事，便是极其认真地给洛克菲勒写下那张欠条。接着，他开始思索该怎样经营自己今后的人生。

几经挫折，他成为伦敦一家著名船厂的职员。今天，他终于能够欣慰地兑现当年的承诺了。他在信中一再感谢洛克菲勒——"是您当年对一个乞丐慷慨馈赠的那份信任和尊重，温暖了我的那个冬天，甚至可以说是温暖了我的后半生，即使在我最困难的时候，我也没有花掉那100美元……"

洛克菲勒一生向社会慈善和福利事业慷慨捐赠不计其数，但这一件芬芳的小事，却让我久久地感动不已，因为它让我看到了富有者的那颗澄净的心，看到了超越身份、地位、名望等等世俗的东西以后，那心灵与心灵的相握所飘逸出的那些醇香岁月的美好。

美好的品德是永远也无法用金钱来衡量的。洛克菲勒所寄出的那100美元的价值已经远远地超过了金钱本身的价值，因为它寄托着一份沉甸甸的尊重与信任。金钱会让人富有，但美好的品德才会得到世人的尊重。

人生的温度

李雪峰

教授的一群学生要离开教授毕业了,最后一堂课,教授把他们带到了实验室。皓首白发的教授说:"这是我给你们上的最后一堂课了,这是一个最简单的试验课,也是一个最深奥的试验课,我希望你们以后能永远记住这最后一堂课,因为这对你们的一生将十分有益。"

教授说着,取出了一个玻璃容器,又往容器里注入了清水。教授说:"这是常态下的水,如果把它倒进一条小溪里,它将能流入大河,然后和许多水一道奔流着涌进大海。"教授把盛水的容器放进一旁的冰柜说:"现在我们将它制冷。"过了一会儿,容器端出来了,容器里的水凝结成了一块晶莹剔透的冰块,教授说:"0℃以下,这些水就成了冰,冰是水的另一种形态,但水成了冰,它就不能流动了,诸如南极极地的一些冰,它们待在那里几千年几万年了,几公里外的地方它们都不能去,更别说是流向大河,流向大海了,它们的全部世界就是它们立足之地的那丁点儿大地方,我们实在替这种水感到深深惋惜和悲哀啊。"

"现在,我们来看水的第三

种状态。"教授边说边把盛冰的玻璃容器放到了酒精炉上,并点燃了熊熊的火焰。过了一会儿,冰渐渐融化了。后来被烧沸了,咕咕嘟嘟地翻腾出了一缕缕乳白色的水蒸气,在实验室里静静地氤氲着、弥漫着。

过了没多久,容器里的水蒸发干了。教授关掉酒精炉让同学们一个个验看玻璃容器说:"谁能说出那些水到哪儿去了呢?"学生们盯着教授,他们不明白这最后一堂课,学识渊博的教授为什么给他们做这个最简单的实验呢?这是他们初中、甚至小学时都已经做过的实验,它太简单了,简单得简直让大家谁都懒得去回答。

教授看着那些不愿回答这个幼稚得有些可笑的问题的学生们说:"水哪里去了?它们蒸发进空气里,流进蓝蓝的辽阔无边的天空里去了。"教授微微顿了一顿说:"你们可能都觉得这个实验太简单了,但是,"教授口气一转严肃地说,"它并不是一个简单的实验!"

教授看了一眼那些迷惑不解的学生说:"水有三种状态,人生也有三种状态:水的状态是由温度决定的,人生的状态也是由自己心灵的温度决定的。假若一个人对生活和人生的温度是0℃以下,那么这个人的生活状态就会是冰,他的整个人生世界也就不过他的双脚阔步的地方那么大;假若一个人对生活和人生抱平常的心态,那么他就是一掬常态下的水,他能奔流进大河、大海,但他永远离不开大地,假若一个人对生活、人生是100℃的炽热,那么他将飞起来,他不仅拥有大地,还能拥有天空,他的世界将和宇宙一样大。"

教授微笑着望着他的学生们问:"明白这堂最简单的实验课了吗?"

"不，这不是一堂简单的实验课！"他的学生们异口同声地说。

"让你们对人生、对生活的温度保持在100℃，这样你们的世界才会最大。这就是我这堂实验课的最终实验结果。"教授微笑着说。

同学们"哗"地鼓起了雷鸣般的掌声。他们记住了这最后的一堂实验课，他们知道心灵的温度将会决定一个人的生活和一生。

谁能忘记这堂最后的实验课呢？人生的课，人们会用一生去铭记。

我要对你说

生活就像是一面镜子，你如何对待它，它就如何对待你。你对它微笑，它也会微笑着对你，你对它发怒，它会把愤怒原封不动地还给你。当你对生活的热情保持在100℃的时候，它也会以无比的热情来回报你。决定生活的不是生活本身，而是我们以何种态度面对它。

圣人与魔鬼

张纳新

有个画家很想画耶稣,但找不到一位纯真的人来做模特儿。于是他想到了修道院里的修士并得以如愿。圣像完成后,画家一夜成名,财源广进,那位修士也被酬以重金。

后来,有人对已成为画圣的画家说:"你既已画出圣人耶稣,就该再画出魔鬼撒旦才对。世上怎会只有圣人而不见魔鬼呢?"

画圣击掌称妙,并在监狱中寻到了原型。

谁知那位即将被画成魔鬼的犯人面对画圣失声痛哭道:"你以前画的圣人就是我,想不到现在画魔鬼找的还是我!"

画圣大惊失色:"这怎么可能呢?"

那人悲从中来:"我得到了那笔钱后再也无心悟道,便一味地去寻欢作乐。钱用光了,欲望却已遏制不住,只好去偷、去抢、去骗……最后案发入狱。"

画圣弃笔长叹,无言而去。

其实,圣人之所以为圣人,是因其品质纯真、行为高尚的缘故;而魔鬼之所以是魔鬼,则是因为卑劣丑陋无恶不为的结果。

那位修士,潜心修习过,他的

纯真甚至可以是用来做耶稣的化身。但就是这个几近一尘不染的人，自从贪图享乐后竟也难以自持，被骄奢淫逸摧毁了多年修为的堤防，摇身一变，曾经的耶稣竟做了撒旦，过去的圣人倒成了魔鬼，这是多么耐人寻味的事情！

看来，耶稣和撒旦只是一念之差，圣人与魔鬼仅有一步之遥啊！

我要对你说

圣人与魔鬼只有一步之遥，我们的生活中充满着各种各样的诱惑，真正的圣人，是经历了金钱、利益的诱惑之后没有跨出那一步的人，是那历经现世之后仍然保持着纯真圣洁的纤尘不染的心灵。

不要等到比原来还少

澜 涛

小时候,有一次和祖父进林子去捕野鸡。祖父教我用一种捕猎机,它像一只箱子,用木棍支起,木棍上系着的绳子一直接到我隐蔽的灌木丛中。只要野鸡受撒下的玉米粒的诱惑,一路啄食,就会进入箱子,我只要一拉绳子就大功告成。

支好箱子,藏起不久,就飞来一群野鸡,共有9只。大概是饿久了,不一会儿就有6只野鸡走进了箱子。我正要拉绳子,又想,那3只也会进去的,再等等吧。等了一会儿,那3只非但没进去,反而走出来3只。我后悔了,对自己说,哪怕再有一只走进去就拉绳子。接着,又有两只走了出来。如果这时拉绳子,还能套住一只,但我对失去的好运不甘心,心想,总该有些要回去吧。终于,连最后那一只也走出来了。

那一次,我连一只野鸡也没能捕捉到,却捕捉到了一个受益终生的道理:人的欲望是无法满足的,而机会却稍纵即逝;贪欲不仅让我们难以得到更多,甚至连原本可以得到的也将失去。

我要对你说

几乎每个人的心里都有一方角落被贪欲占据,它总是在你该收手的时候驱使你继续前行,而这种前行往往让你前功尽弃。所以,不要等到所得比原来还少。学会满足,适时收手,尽情享受已得的快乐。

败给自己

萧 遥

人生的好多次失败，最终并不是败给了别人，而是败给了我们自己。

某名牌大学毕业的小王进了一家公司。当领导分配她做最基础的工作时，原本很有优越感的她立即觉得自己被大材小用了。一次，在计算收益时，她把一笔投资存款的利息重复计算了两次，虽然最终没有给公司造成实际损失，但整个公司的财务计划却被打乱了。事后，她却很不以为然，觉得只要下次注意就是了。这种态度让主管很不放心，以后再有什么重要的活儿，总找借口把她"晾"在一边，不再让她参与了。

上海某著名高校毕业的一位才子的办公桌上堆满了书本、零食、新买的枕头甚至酒瓶等杂物。因为桌子空间有限，才子把过道也发展成了他的仓库。

就这样，没过多久，这位名牌大学毕业的高才生就因为邋遢而与自己的第一份工作拜拜了。

我要对你说

生活之中的小细节，往往会成为我们判断一个人品格优劣的关键。有很多学历、能力都优于旁人的职员最终却被企业所淘汰，而可悲的是，他们没有败于敌人之手，却败于自己。

追求者的副产品

刘燕敏

一位青年教师去泰山,本意是想看泰山的日出。他徒步而行,往返3400里,历时两个月零六天,结果日出没有看到,身边却多出了一位姑娘、两本游记和天南海北的一群朋友。

这听起来有点儿传奇色彩,其实是件真事。在这个世界上歪打正着的事情是经常发生的。古代的炼丹者,为了长生不老,到山林里采药炼丹,长生不老丹没有炼出,结果却发现了对人类很有用的水银、火药及一些其他技术。人对目标的追求,有时就是这样,无论有没有结果,最后都会有一些收获,并且这种收获常以副产品的形式出现。

歌德本来是追求一位姑娘的,一年后,人没追到,手上却多了一件副产品——《少年维特之烦恼》;伦琴在实验室里蹲了6年,本来是想找晶体光谱的,结果光谱没找到,却意外地发现了X射线;伦琴的副产品更多,除了那根X射线外,英国政府给他12万英镑,瑞典诺贝尔奖委员会奖励他53万美元,他那张印着左手的感光纸,更是副产品中的大头,1932年

被美国的一位收藏家以 120 万美元的价格买下。总之，造物主从不让伟大的追求者空手而归，即使你最后没有得到要找的东西，它也要给你点儿副产品，作为对你的奖赏。

　　世间的任何事物，只要你执着地追求，你会发现它们的背后都隐藏着副产品。你追求爱情，爱情没得到，结果你成了诗人，诗成了隐藏在爱情背后的副产品。你追求幸福，幸福没得到，结果你成了智者，智慧成了幸福背后的副产品。你追求事业的辉煌，事业还没达到顶峰，你就成了名人，名气成了事业的副产品。在这个世界上，对追求者而言，是不存在失败者的。他们即使实现不了最初的梦想，也会获得一些潜藏在梦想背后的副产品，这些副产品的价值，有时甚至远远超过他们梦想的价值。如果你现在是一位正在为梦想奋斗着的人，千万不要停下你的脚步，意外的惊喜，也许明天就会降临。

我要对你说

　　人生就是如此奇妙。你去看风景，却遇上了暴风雨，而雨中的风景却别有一番情致；雨过天晴后，你又看到一道彩虹，因此多收获了一份意外的美。所以，没有实现目标并不等于一无所获，坚持去做，拒绝停滞，也许你会在目标之外获得一份意外的惊喜。

登山者的发现

刘燕敏

有位叫蒙克夫·基德的登山家,在不带氧气瓶的情况下,多次跨过6500米的登山死亡线,并且最终登上了世界第二高峰——乔戈里峰。他的这一壮举于1993年被载入世界吉尼斯纪录。

过去,不带氧气瓶登上乔戈里峰是许多登山家的愿望。然而,自1881年有人携带氧气袋登上这座山峰以来,一百多年过去了,还没有一个人扔掉过它。因为一旦超过6500米,空气就稀薄到正常人无法生存的程度,攀登者在这个高度每前进一步都必须停下来大口大口地喘上十几分钟才行,想不靠氧气瓶登上近8000米的峰顶,确实是一个严峻

的挑战。

可是，蒙克夫做到了，这位美籍印度人为了实现这一夙愿不断摸索，最终他发现了无氧登山运动的奥秘。在颁发吉尼斯证书的记者招待会上，他是这样描述的：我认为无氧登山运动的最大障碍是欲望，因为在山顶上，任何一个小小的杂念都会使你感觉到需要更多的氧，作为无氧登山运动员，要想登上峰顶，就必须学会清除杂念。脑子里杂念愈少，你的需氧量就愈少；欲念愈多，你的需氧量就愈多。在空气极度稀薄的情况下，为了登上峰巅，为了使四肢获得更多的氧，必须学会排除一切欲望和杂念。

 我要对你说

登山者要学会在空气稀薄的情况下，摒除杂念，找到氧气。寻找成功同样需要在失败的阴云中，摆脱掉沮丧的影响，拨开乌云，找到斗志的阳光。学会放下包袱，才能有背负成功的力量。

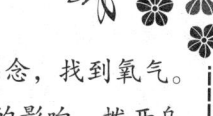

敬 启

  本书的编选参阅了一些报刊和著作,由于多种原因我们未能与部分入选文章作者(或译者)取得联系,在此深表歉意。敬请原作者(或译者)见到本书后,及时与我们联系,我们将按国家有关规定支付稿酬并赠送样书。

联系方式
联 系 人:杨老师
电　　话:18600609599

编委会